平面いぬ。

乙一

龔婉如 譯

平面犬。

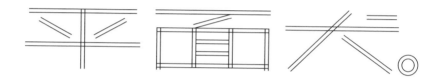

乙一
Otsu Ichi
作品集

03
平面犬。

contents

總導讀—比煙火更燦爛．比永遠更遠　曲辰／005

石眼　／011

小初　／079

BLUE　／155

平面犬。　／223

解說—跨越界線的相互依存　寵物先生／291

總導讀　曲辰

比煙火更燦爛・比永遠更遠

作為一個小說家，乙一，注定成為一則傳奇。

本名安達寬高的他，於十七歲的秀逸之年以〈夏天・煙火・我的屍體〉出道，隨即獲得諸如小野不由美、我孫子武丸、法月綸太郎、栗本薰等名家的一致好評，其作品同樣在許多票選排行榜及文學賞中占有一席之地（註）。

但僅只這樣並不足以成就其傳奇地位，或許我們還是得回到乙一的小說上，才能知道他迅速成為日本新生代小說家中佼佼者的理由。

在其處女作中，講述一個九歲的女孩殺害了童年玩伴，之後與哥哥展開一連串藏匿屍體掩藏罪行的冒險。透過死去小孩的靈魂視角，賦予此篇小說前所未有的新意，更讓小說中的恐怖氣氛不止於書中兄妹倆與其他人的捉迷藏，還蔓延到書中角色與讀者之間的對決中，在成熟富節奏的文句中堆疊出

註：以下為其小說得獎紀錄：
〈夏天・煙火・我的屍體〉（1996）：第六屆「JUMP小說，非小說大獎」。
《GOTH 斷掌事件》（2002）：第三屆「本格推理小說大獎」、「本格推理小說BEST 10 2003」第五名、「這本推理小說了不起！2003」第二名、「週刊文春推理小說BEST 10 2002」第七名。
《槍與巧克力》（2006）：「這本推理小說了不起！2007」第五名。

結局那令人驚愕又滿足的奇特景象。

當大家擔心這篇極為特出的作品不過是曇花一現的同時，乙一之後的小說陸續發表了，更讓小野不由美在《夏天》一書的解說中說出「不是僥倖。那不是新手在無意識中書寫，偶然迎頭碰上的全壘打。我認為這個作者的心中確實存在著『應當如此』的理想型」這樣的讚美之詞。

之後的乙一很快席捲大眾的目光，不但在恐怖驚悚小說中展現出驚人的才華，巧妙翻攪人類黑暗心靈湧現出的真實幻境，也寫出一篇篇如讚歌般清新節制、凝視希望的青春小說。於是從此之後，就有人用「黑乙一」、「白乙一」來稱呼乙一，以區別其大相逕庭的寫作風格。

不過，將乙一的寫作路線區分為黑白兩面，似乎就會任意的將目光投射向遠方，而忽略他小說中黑白邊界模糊的部分，進而產生對作品的錯誤理解，與其任意採用二分法，不如把注意力放在小說的核心出發點——也就是「人」——之上。

乙一筆下的小說人物，往往都有很明顯的「拒社會性」，不管在青春小說或恐怖小說都一樣，每個主角與世界的關係都好像隔著張半折射的薄膜一般，往往由外往內看不出什麼異狀，角色們卻是看到扭曲、變形、不適合自己生存的世界。在這張狂世界的映襯下，半映上去的自己身影便顯得卑微而不可直視了。

這隔膜與角色之間的斷層，並不是「適應不良」或「情感障礙」就能交代過去的，該說是更為深入內在，從根柢上與世界缺乏溝通能力的痛苦。這種與社會的阻絕性，為乙一的小說找到基本調性，文字並不能說冷漠，卻呈現出一種由玻璃與鋼鐵組成的世界：冷調、壓抑，只是在玻璃中透出來的，究竟是陽光還是更深的黑暗的差別。《暗黑童話》一書的開端就是最佳的例子，作者用一種相當無所謂、不當一回事的口氣在講述整個故事，讓戰慄感跳過文字，直截了當地傳達到讀者心中，更樹立作者本身相當重要的無機風格。

乙一小說中的情感，都是間接傳遞出來，所有的愛戀、悲嗔、怨痛，都彷彿電波沒有對好焦，無法從文字內容中直接讀出來，但我們又能在動作與動作間短暫的空隙中，「感受」到近乎本質的心理狀態，只是無法「觸摸」那些情緒波動。

這種心情的描寫，似乎跟乙一本身的經歷也有關係。高中時期，他在學校是完全不會跟人講話的，像一座移動型孤島，整天從家裡漂到學校、又從學校漂回家裡。難怪他寫得出在《在黑暗處等待》中的極佳比喻：「在名為『世界』的這道菜色當中，我是一塊沒能溶化，還殘留固體形態的湯塊。」

說到底，又有誰能在「世界」這道菜中真正溶化？以乙一自己為例，他是久留米工業高等專門學校、豐橋技術科技大學生態工學系畢業，可是他的文字成熟而纖細，毫無理科類組的一板一眼；他大學時參加科幻小說研究社，卻不擅長寫架空小說；他是熱愛電影的動漫畫世代，不過小說中毫無類似的氣息；他喜歡的推理作家是森博嗣與島田莊司，卻塑造出與他們截然不同的想像世界。如果要從外部來定義些什麼，不如說乙一本身就是這樣與外部世界共存卻不相涉的人。

或許正因這種沒有溶化完全的狀態，讓乙一注視世界的眼光與一般人不同。他所寫的情節，都是每個日本人會經歷過的歲月，即使不是日本人的我們，也一定曾感受類似的孤單、恐懼、期待與嚮往。這些人類共通的心情，在乙一的細緻描寫下，成了動人的主樂章。

在寫實的基礎之上，乙一才能展現出屬於他的幻想層面，任想像力盡情奔放，於是我們看得到超現實的狐狗狸逐步進占寫實領域，不存在的東西召喚出不存在的恐懼（〈天帝妖狐〉）；在公園中再普通不過的沙池裡觸碰到不可能出現在那裡的人頭（〈昔日夕陽的公園〉）；明明同在一幢房子，但父母卻深信對方死了，只有「我」見證他們的存在（〈SO-far〉）。即使是幻想，但在寫實層面處理得好，讀者輕易相信作者，也在這種信賴基礎上，作者可輕易翻覆讀者的心情。

在〈平面犬。〉中有個極為驚悚的開頭，一時興起去刺青的少女，手腕上的小狗刺青有一天卻詭異地動了起來，驚懼之餘，人犬間卻培養出奇妙的共生感，故事一路奔騰朝不可思議的方向邁進；〈A MASKED BALL——以及廁所的香菸先生的出現與消失——〉則以極為常見的廁所塗鴉起始，製造出推理小說的氣氛，並隨著事件的發生瞬間扭轉為驚悚小說，然而，恐怖與溫馨的情緒卻也同時醞釀著。

這就是乙一，你永遠無法為他歸類，在歸類的當下他隨即變換另一種姿態。他由那名為「人」的內核找到動力，往外爆發出名為小說的煙花，每朵煙花各不相同，在轉瞬間帶給我們無窮的嘆息。

每個時代的文學都有專屬的煙火，而乙一，就是我們這個時代，最盛大的傳奇。

而傳奇，終將繼續下去。

本文作者介紹

曲辰，接觸推理小說以後，就自動分裂為三位一體的生物，作為一個讀者要求完整的故事、作為一個研究者要求更深層的咀嚼、作為一個未來的創作者要求絕對的文字宇宙。目前雖然努力整合中，但時有齟齬，希望早日尋找到一個平衡點，不使跌躓。

石眼

序

很久很久以前，某個村子爆發感冒疫情。當時沒有什麼醫療知識，村民們束手無策，接二連三地迎向死亡。

有人失去了家庭的經濟支柱，步上窮途末路。有人喪失了所有的親人。

一對夫妻失去年幼的孩子。他們將孩子冰冷的身軀放在草蓆上，整整一天一夜只是相視嘆息。那是個貧困的時代，吃飯都成問題，孩子纖弱的手臂就像樹枝那麼細。他們將孩子放進小小的棺材裡，然後抬著棺材上山，想將孩子埋在一個視野良好的地方。不知不覺間，太陽西下，四周已是一片漆黑。蒼鬱的樹林阻斷了月光，夫妻倆被巨大的黑暗籠罩。附近沒有民家，原本不重的棺材，慢慢地成了沉重的負擔。

他們覺得背後似乎有人。

沙沙、沙沙。

妻子正要回頭，丈夫阻止她說：「只是樹葉的聲音罷了。」

過了一會，背後傳來腳步聲。聽起來像是孩童在走路。

咚咚咚咚、咚咚咚咚。

妻子想要回頭，丈夫阻止了她，說：「這種深山裡哪來的孩童？」

又過了一會，背後傳來孩童的聲音。那是死去的孩子的聲音。

媽媽、媽媽，轉過身來。

剛失去孩子的母親，忍不住回頭看了一眼。

那裡沒有孩童，只有一個高大的女人站在眼前。那是「石眼」，是她模仿死去孩子的聲音。

所有看到「石眼」的人，都會變成石頭。於是，妻子維持回頭的姿態化為石頭。

極度的恐懼下，男人閉緊了雙眼。他告訴自己不能看，不然會變成石頭。

聽得見「石眼」慢慢靠近的聲響。她不時觸碰著男人的臉頰與手臂，男人強忍著幾乎快睜開的眼睛，丟下棺材，閉著眼拚命往山下衝。

一

剛升上小學的時候，爸爸帶著我搬到爺爺奶奶家。我不記得更早之前住過的房子，舊家的印象伴隨著我對媽媽的記憶，從腦海逐漸消失，只留下些許微弱的香氣。

我的記憶裡僅存一點點少得可憐的舊家影像。我非常確定那不是爺爺奶奶家，記憶中的畫面四個角都已褪色。

那是一個兩坪左右的小房間，木製的窗戶很難推開，牆上掛著一張照片。不知道是因為窗外射進來的夕陽和背光的關係，或是當時的我還年幼，照片裡媽媽的身影看起來好巨大。躺著的我耳邊傳來搖籃曲。

一直到我成年、出了社會，從不曾忘記那幕古老的影像和搖籃曲的歌詞。

當時還是小學生的我，沒有媽媽的疼愛。住在一起的，除了爺爺奶奶和叔叔之外，就是爸爸跟我了。

我們住在山腳下，後方是非常陡的山坡林，而房子就蓋在森林裡。雖然屋子很舊，但非常大，住了五個人還有一半以上的房間空著。門前的路是傾斜的，上學時沒什麼問題，放學回家可就累了。道路的兩旁有一些水稻梯田，我常常抄田間小徑上學，甚至會穿過竹林裡不認識人家的院子。

上學途中有一條岔路，路口有一個小小的、像是庵堂的地方。雖說是庵堂，卻只有孩童的身高那麼高，而且將近一半都被草叢掩蔽，看起來彷彿蓋在暗處。

庵堂裡的地藏菩薩身上沾滿了蜘蛛網，不過走近一看，會發現地藏菩薩的臉很光滑，沒有眼睛。不是被人惡作劇削掉的，而是當初就沒製作。外地人第一次看到想必會覺得不可思議，但至少在小學生的活動範圍內，所有的地藏菩薩都沒有眼睛。

儘管只是個小孩，我仍隱約明白為什麼地藏菩薩的眼睛必須長成那樣。

當時我們經常玩一種叫「鬼遮眼」的捉迷藏遊戲。

首先猜拳決定誰當鬼。當鬼的人要蒙上雙眼，在看不見的狀態下抓住其他四下亂竄的人。如果鬼往沒人的地方跑去，大家就得拍手引起鬼的注意，讓鬼知道大家在哪裡，口中還要念著：「鬼呀鬼呀，快聽我的拍手聲。」一旦有人被鬼抓到，遊戲就結束了，也就是說，那個人就死了。

這樣的玩法和一般捉迷藏沒什麼兩樣，不過我們有另一套玩法。蒙住雙眼的不是鬼，而是被抓的人。因為大家都蒙著眼睛逃跑，常常有人受傷。我們通常會在神社境內玩這個遊戲。這座神社小到連神明都不願意住下來，但當我們的遊樂場大小剛好。

蒙著眼睛逃的時候，要全力奔跑，不能有任何一點遲疑。即使面前有半坍塌的石燈籠或是露出地面的樹根，都不可以停下腳步，因為被鬼抓到就死了。每年都會有兩、三個人在遊戲中骨折或是摔斷牙齒。在旁人的眼裡，流著鼻血、撞出瘀青還四下亂竄的我們一定很詭異，但不管發生什麼慘劇，我們仍幾乎天天玩這個遊戲。不光是有趣的緣故，可能也受到地方上流傳已久的傳說影響。由於那個傳說，我們蒙眼玩捉迷藏其實有部分是義務，甚至可說是藉此鍛鍊身體。

這種危險的遊戲早該被禁止了，不可思議的是，沒有一個大人出來阻止我們。反倒是一些害怕受傷而沒盡全力逃的孩童會遭路過的大人斥責，要求我們必須更拚命地逃。

如果不努力練習閉著眼睛逃跑，會被「石眼」變成石頭呀。

大人總是這樣告誡我們。祖父母輩的長者甚至很少說出「石眼」這個名字，如果不小心說出來，還會畢恭畢敬地對著山頂的方位，雙手合十不斷行禮。

石眼，也有人稱她為石女。

那是本地流傳已久的一則傳說。我不記得是在幾歲的時候聽誰說過的了，不知不覺間，所有孩童都聽過關於她的故事。

聽說石眼會誘使失去孩子的女人回頭，把她變成石頭。聽說有人在山裡迷了路，借住山上的民家，沒想到那裡就是石眼住的地方。聽說除了一雙可以把人變成石頭的眼睛之外，石眼懷裡還藏著一雙真正的眼睛。聽說石眼真正的眼睛被刺穿之後，悲傷過度，把自己也變成了石頭。

隨著年歲增長，我知道那樣的傳說都不是事實，應該是大人為了教導孩童不要做壞事，而將當地某些風俗或歷史改編成故事說給孩子們聽。

當我升上小學高年級，領悟到這件事之後，已沒有孩童繼續玩「鬼遮眼」的遊戲了。我們玩起難度更高的遊戲。

由於住在附近的孩童都開始釣魚，我只好跟著大家一起到溪邊。有一個男孩很會打架，是我們這一群的老大。雖然我沒特別崇拜他，但不知道反抗他會有什麼下場，他想釣魚，只能跟著他前往溪邊。

小溪的水流湍急，其中還有一些很大的石頭，有的朋友甚至會爬到露出溪面的大石頭上放釣線。溪水清澈，水打在石頭上的聲音聽起來十分舒服，但我討厭釣魚。我一點都不想來溪邊，寧願待在家裡畫畫。

那年夏天的某一日，我依然遊走在朋友圈的邊緣，盡量不引起孩子王的注意，裝出一副釣魚釣得很開心的樣子。

我把釣線甩入溪中，固定好釣竿，完全是隨時可以開始釣魚的狀態，然後告訴大家我要去挖蚯蚓，就一個人跑開了。離開前我交代其中一個朋友，如果有魚上鉤再通知我。不過，不可能會有魚上鉤，因為我根本沒裝釣餌。

沿著溪邊再走一會，有一個只有我知曉的祕密基地。

溪邊的小路是上坡路，愈往上走，小溪和路面的高度差愈大，最後來到一個懸崖般的高地，從那裡爬下去，就是我的祕密基地。雖說是懸崖，其實還不到會摔死的高度，不過掉下來還是會受到不輕的傷。即使如此，鼓起勇氣往下爬，會發現剛好有一塊可以落腳的空地，實際下去過一次之後，就會知道沒那麼困難。只是，下面什麼也沒有，長滿了青苔，空間恰恰夠一個人坐下，並將雙腳放進小溪裡。

那天沒有風，光是站著不動就出汗了。正午的陽光彷彿將樹葉的影子烙印在地面。我爬下懸崖，由於必須手腳並用，露出短袖的手臂滲著汗珠，沾上了細沙。

那天是我唯一一次，在那個地方體驗到地心引力的作用。因為我不小心腳滑掉了下去，幸好當時我已爬到接近地面的地方，只有些許擦傷。

我的左肘流了一點血，心臟跳得好快。往上一看，有幾顆小石子從我滑倒的地方滾下來。

多虧那些在地面和岩石表面上生存了幾十年、幾百年的厚厚青苔，承受我的體重。撞擊的力道害得部分青苔剝落，被溪水沖走了。這次事故對我和青苔來說，應該都是一種不幸吧。

我定睛看了一下青苔剝落的地方。長久以來遭受覆蓋的深黑色地面終於有機會重見天日，然而，那裡卻埋著一個看起來像手掌的石塊。我挖出石塊，拿到眼前仔細觀察，雖然只有手掌，但一看就知道是以孩童的手為模型雕刻出的作品。

還是小學生的我，為這個雕刻的精細程度感動不已。稍長的指甲、指紋、筋骨線條、汗毛都刻得很細，連孩童手掌特有的豐腴感都像是從石塊內部充氣膨脹，摸起來卻毫無彈力，反倒顯得不可思議。

手掌呈現自然展開的狀態，沒擺出任何姿勢，看起來就像猶豫著不知道該拿什麼東西才好，讓我幾乎忘了它只是一個雕刻，甚至有種隨時都會動起來的錯覺。即使它動了，我也不會覺得驚訝吧。

我把這個石塊帶回家，沒告訴任何人，當成自己的寶物偷偷收起來。之後我不停地畫這隻手，雖然我愈畫愈好，卻沒能從自己的畫裡，感受到看著雕刻時，那種似乎隨時會動起來的忐忑不安。

二

籠罩著濃霧的深山裡，同事N老師倒在樹底下昏了過去。我上前確認他的呼吸，然後叫著他的名字，搖晃他的肩膀。N老師眨了幾下眼睛，終於醒了過來。

「我怎麼了……？」

「我們滑倒了。從斜坡上摔下來。」

我們抬頭向上看，那是彷彿被人用巨大的湯匙削掉一塊似的斜坡，連被學生稱為「魔鬼」的N老師也嚇得表情都僵了，直說幸好命大。

N老師想站起身，卻忍不住發出痛苦的呻吟。他的右腳腫得出奇地大，應該是沒辦法走路了。

「我不要緊。」

他滴下豆大的汗珠，忍痛擠出一絲笑容對我說。

這是在我老家附近的山上，不過跟我小時候常玩耍的一帶有一小段距離。蜿蜒的山路一直延伸到山頂。我們原本循著溪流聲一路往前走，不知不覺偏離了山路，更沒留意到路旁還有如此陡峭的斜坡。從很久以前就沒人爬上這座山，所以關於這座山的地形資訊相當缺乏，想必多多少少有受到石女傳說的影響。

如果背著無法走路的N老師，不可能爬上斜坡。太陽慢慢下山了，原本晒著肌膚都會刺痛的陽光，逐漸被四周濃密的樹木遮蔽。天色愈來愈暗，我們不能望著夕陽坐以待斃。

於是，我決定一個人爬上斜坡去求救。N老師答應我先留在這裡幾個鐘頭，等我找人來幫忙。

然而，這個計畫不到十分鐘就宣告失敗。斜坡的土太鬆軟了，我宛如掉入流沙的螞蟻，怎麼爬都爬不出去，當然也無法回到原本的山路。不過，路並未完全遭到阻斷。眼前有一條細石子路沿著斜面延伸，雖然不知道通往哪裡，但只要有路，一定能夠找到人才對。
於是，我背起N老師，沿著小路朝山腳走去。

那天在國中的職員辦公室裡，我向N老師透露暑假要來爬山的事。當時正值暑假前最忙碌的時候，N老師問我暑假有什麼計畫。

我們出身於同一個小鎮，後來也都回到母校的國中任教。N老師大我一屆，是社會科老師，住在學校附近的老家裡，每天通勤上班。第一次和他聊天時，聊到我的老家在這個鎮上的山邊，他抓了抓落腮鬍，原本整齊端正的臉笑得皺巴巴。

「你住在那裡啊，小時候我常騎腳踏車到那附近，說不定上國中的時候我們見過面。可惜你沒加入柔道社，不然我一定會好好照顧你這個學弟。」

剛進國中的時候，我是美術社的菜鳥社員，現在回來當顧問。

我們馬上成為好朋友，假日還會一起出去玩。

「我每年暑假都會去爬山。」

「是嗎？沒想到S老師你會從事這麼耗體力的休閒活動。平常在學校，你不是爬個樓梯也喘吁吁嗎？」

當時我在幫美術課學生畫的圖一張張打分數。為了訓練學生觀察光線明暗，那堂課練習的是雞蛋的素描。雖然十分懷疑能從這樣的圖畫評斷學生的藝術天分，但我只想趕快結束這項無聊的工作，所以飛快地批改著。

每年的暑假作業我都讓學生畫風景，不知道今年會有幾個學生認真看待這份作業。雖然我是老師，卻很討厭看學生的畫。他們的畫和我的畫一樣，沒有栩栩如生的感覺，也無法感受到畫中模特兒的呼吸和律動。這樣的畫根本不值一看。

我隨口應和N老師，順著話題聊到最後，便決定兩人要一起上山了。

直到今天早上，我才告訴他來爬山的理由。

他一身輕裝到我家會合，叔叔端了茶出來。現在叔叔是唯一與我同住的人。N老師常到我家來，他們見過很多次面了。我們三人都是單身。

「到山裡去，是為了尋找我媽媽的遺體。」聽了我的話，N老師顯得相當興奮。

「事情愈來愈有趣了。」

「不要開玩笑了。一個當老師的人聽到這樣的事情還這麼樂，太不莊重了吧。」

母親上山之後就再也沒回來。高中畢業三個月後，叔叔告訴我這件事。當時父親過世，叔叔成了我唯一的親人，我才知道原來小時候大家告訴我母親是生病過世，都是騙我的。

我有幾張母親的照片，照片裡的母親笑得很燦爛。一直到二十歲之前，這些照片都擺在我的書桌上。還是小學生的我，對母親的印象只有這幾張照片和些許記憶，以及她是攝影家。

「你媽媽長得很漂亮，比照片美多了。」叔叔露出懷念的神情，「她生下你之後，仍不願放棄當全職攝影家的夢想，雖然她那時候一點名氣也沒有。」

父親帶著我回爺爺奶奶家的時候，叔叔還是個高中生。當時我父母起了嚴重的爭執，原因是母親不照顧孩子。就只是這樣。父親和祖父母都無法理解母親拍的照片，只覺得她應該放棄這個業餘的愛好，好好照顧家裡。

然而，母親不願放棄攝影，她深信自己的作品總有一天會受到大眾的肯定，最後終於與父親決裂。

「那天晚上，你媽媽來家裡，求大夥讓她看看你。當時你在蚊帳裡睡得很甜，什麼也不知道。」

聽說，母親在玄關門口哭著說要見我一面。

「我媽媽，也就是你的奶奶，看到這一幕只說了一句：『這麼大的人了，丟不丟臉？要是被鄰居看到，簡直是種恥辱。』我從來沒看過媽媽露出那樣的表情。」

這輩子都不准妳和小孩見面。妳再來我就報警了。

叔叔說，他在房間裡一直聽到我的母親的哭聲。直到哭聲沒了，他從窗戶往外看，只見我的母親癱坐在地上。過了三個鐘頭再往外看，母親還是一樣的姿勢。

「天亮後，你媽媽就不在了。但附近的鄰居說，天快亮的時候看到有個穿紅衣的女子往山裡走去。」

可是，之後始終不見有人從山上下來，漸漸地大家都認為那天晚上一定是看錯了，除了我父親一家人之外。

鄰居看到的女子，應該就是我的母親。因為根據叔叔的記憶，那天晚上站在門口時，她穿著紅色的衣服。恐怕是母親想到再也見不到孩子和不被大家認同的攝影作品，最後想不開而決定一死。

母親拍攝的照片嶄露頭角是在事情發生沒多久之後。看了出版社發行的攝影集，我深深受到吸引。雖然專業領域不同，我無法正確地評價，但母親已是最接近我理想中的攝影家了。

「攝影集的版稅呢？」一直靜靜聽我述說的N老師問。

「我父親收下了。因為沒有任何人知道她自殺的事，在大家的認知裡，我母親是一名行蹤不明的攝影家。」

他凝視著我母親的照片。照片上的母親穿著紅色的衣服，胸前有一個大大的向日葵刺繡，不曉得會不會就是當晚穿的那一件。看了許久，N老師嘆了一口氣。

「你母親真的很美。」

四下已是一片黑暗。由於原本計畫在天黑前返家，我們沒有攜帶任何照明設備，只有腳下的碎石子隱隱反射著天上星星的光芒。

N老師雖然擅長柔道，但身材並不是特別高大，是個體格結實而有型的男子，所以我還能揹著他走一段路。不過，瘦弱的我體力漸漸也到了極限。

「真不知道要怎麼感謝你。」在好一段時間前，N老師說了這句話，就閉上眼睛，不知道是昏過去還是睡著了。

道路似乎緩緩劃出弧線，雖然我們一開始是往山腳走去，不過現在很可能已走到反方向。

霧似乎愈來愈濃厚。

這個時候，背後突然傳來重物在地上拖行的聲音。回頭一看，原來是N老師的腳。我似乎比想像中疲累，撐著他的雙手失去力氣，不知不覺間變成拖著他走了。

不過，受傷的腳被這樣拖行，他卻沒發出一絲痛苦的呻吟，我不禁擔心，他該不會是死了吧？仔細一看，他的雙眼緊閉，身上卻盜著汗。我頓時安心不少，但又想到得快點找到能讓他好好休息的地方，不由得焦急起來。

視線所及淨是濃濃的霧。突然間，彷彿有人用細針刺了一個小洞，我的眼前出現一個小小的光點，那應該是民宅的燈火吧。不，一定要是民宅才行。

我重新背好N老師，使出全身最後的力氣拚命往前走。我的雙腳已不聽使喚，只是習慣性地一步步往前踏出，感覺像是走在平坦的路面，又像是走在一地的棉被上。

我睜著視線模糊的雙眼，盯著前方逐漸變大的光點，隱約看見四周有好多一動也不動的人影。

三

老樹的香氣將我的意識從深層的睡眠帶回現實世界。我發現自己睡在被褥上，那是一床用許多舊布塊拼接而成的手縫棉被。到處都綻了線，非常薄的被子。

這是舊式民宅的一個房間，約六張榻榻米大小，紙門與屏風圍繞四周。剛剛我聞到的老樹香氣，應該就是這個房間散發出來的古老味道吧。天花板上看得見被煙燻黑的木紋，房間裡沒有任何電燈之類的照明設備。天似乎亮了，紙拉門上的和紙泛著白光，剛睡醒的我覺得非常刺眼。

身旁還有一床被褥，N老師就睡在那裡。他睡得很沉，胸前的棉被隨著規律的鼻息上下起伏，表情非常安穩。可能是棉被太小件，加上他的睡相不好，受傷的右腳幾乎全露在棉被外頭。他的腳上包著我沒見過的繃帶，不知道是誰幫他治療包紮的。看上去不像市面販售的醫療用繃帶，而是將白布撕成條狀的暫代品，並且布料的白色也不太平常，似乎有點變色，泛著淡淡的黃。

我忘記昨天過度使用全身的肌肉，一站起身，突然一陣痠痛襲來，我不禁微微發出呻吟。

我想不起來是什麼時候睡進被子裡，只記得自己背著N老師朝著可能是民宅燈火的地方一直走，看到愈來愈大的光點和周圍模糊的人影。我應該是在被帶到此處之前，就筋疲力竭倒下了吧。

我慢慢移動身體，盡量不用力拉扯到肌肉。我得去向屋主道謝才行。

紙門像浮在空中似地一拉就順暢滑開。房門外有一條橫向的長廊，對面則是一座院子。

有那麼一瞬間，我以為置身在雲深處。霧好濃，走不到二十步就會迷路了吧。我努力在視線範圍內確認了一下四周，院子裡鋪滿細石子，濃霧中隱約可見幾棵樹。雖然無法確認院子的實際大小，但應該相當廣闊。我和N老師的鞋子就擺在走廊旁，像是貼心安排讓我們馬上可以從走廊進到院子。稍遠處林立著看似燈籠的東西，數量異常多，我的注意力不禁集中在那一帶。這些物體排列的位置極不規則，大小也不一致，彷彿將房子團團圍住。霧實在太濃了，如果想看清楚，必須更靠近一點才行。我很想這麼做，但今天還是算了。

我沿著走廊往前走，找尋住在這裡的人。地板十分乾燥，似乎還有些白色粉末。木紋凹凸不平，一點一點刺激著腳底。這道走廊並不是由長形木條順著延伸的方向拼成，而是由許多橫向的短木板組合而成，整體感覺不太像舊日式民宅，反倒比較像是寺廟。可能是地板的木材夠厚又不具彈性，所以走在上面不會發出吱吱嘎嘎的聲響。

這房子非常大，我數著自己的步子，但怎麼走都走不到盡頭，數到後來都忘記數到哪裡了。我的左手邊是院子，右手邊則是紙門和木牆無盡延伸，感覺不出有人住在這裡。我試著出聲叫喚，無人回答。

繼續走了一會，沿著房子延伸的走廊終於碰到轉角。紙門全關著，我打開其中一扇，確認裡面的情形，還是不像有人居住。

走廊的盡頭唐突地出現在眼前，木板走廊的前端是泥土地，似乎是煮飯的地方。溼冷的空氣中，傳來一股香氣，逗弄著我的嗅覺。石灶上一個很大的砂鍋正冒著陣陣蒸氣，香氣就是從此處傳出。那麼，這裡並不是沒人住的地方了。鍋子裡煮的是野菜稀飯。

除了灶上的砂鍋之外，其他物品都是冰冷地散落各處。這裡沒有櫥櫃之類的家具，餐具和鍋子都直接放在地上。餐具幾乎全是木頭製的，雖然也有一些陶製品，不過不是缺了角，就是裂了縫，不像堪用之物。角落鋪了一張草蓆，放著成堆還帶有泥土的蔬菜，一旁的砧板上，擺著長滿了鏽的菜刀。

距離廚房最近的房間，紙門是拉開的。雖然不太妥當，我還是決定進去看看。房裡的榻榻米很破舊，踩在上面，腳便往下沉。房間頗大，卻顯得冷清，不過和其他房間不一樣，總覺得似乎有人在此生活。

房間角落有個小小的木製檯子，上面立著四根長短不一的蠟燭。走到木檯前，我跪坐下來仔細一瞧，發現木檯上有許多蠟油附著的痕跡，蠟燭圍繞著一個小小的木頭盒子，形狀扁長，恰好可放進一本書。

這應該是佛壇吧。那些蠟燭彷彿是為了供奉木盒而存在。我拿起木盒，非常輕，感覺裡面除了空氣，什麼都沒有。木盒上有一個小小的金屬扣環，看來很容易就能打開。我想看看裡面到底裝著什麼。

「我不知道您是打哪來的……」背後突然傳來沙啞的女聲：「擅自闖進別人的房間，您不會良心不安嗎？」

是住在這裡的人。我十分難為情，連忙將木盒放回原位。

「真的非常抱歉。我清醒之後，很想向救了我和朋友的屋主道謝，才會未經同意，擅自在您的家中走動。」

我打算轉身，拜見救命恩人的尊容。

「不要動。」女人立刻開口，斬釘截鐵地制止。我不禁脹紅了臉，背對著女人，一動也不動地站著。

「雖然沒有什麼特別的原因，不過我極不願讓別人看見我的長相。真是抱歉，請您維持現在的姿勢交談就好了。」

雖然女人講話很客氣，卻散發無形的壓迫感。一股氣息窸窸窣窣地竄過我的後頸，背後感受到的人的氣息，突然成了明確的壓力，壓得我喘不過氣來。雖然覺得她的要求十分荒誕，但由於腦筋一片混亂，一時沒能問她原因。只是，想到背對著她，我就覺得不安且不知所措，於是請求讓我轉身面對她。

「您在我們倒下的時候伸出援手，是我們的救命恩人，我居然失禮地背對著您，實在過意不去。請允許我轉身，當面向您致謝。」

女人沒有回應，只傳來一陣衣物摩擦聲，她坐了下來。這表示她根本不理會我說了什麼，我只好背對著她端坐。

女人說明昨天晚上發生的事情，大部分和我想像中一樣。

因為說話的對象不在面前，我的視線不由得四處游移。不知女人有何居心，我決定閉上眼睛。少了影像，女人的存在感益發強烈。她沙啞的嗓音震動我的耳膜，聽起來她應該有些年紀了。她的用字遣辭客氣而禮貌，卻莫名帶有一股威嚴，令人不得不服從。甚至可說是敵意吧，即使不至於如此，她的聲音裡仍有種由不得人的力量。

我對女人解釋我們在山上遇難，走了很久才來到這裡。

房間裡的氣氛越來越凝重，從她身旁開始，空氣似乎慢慢凍結成固體。肌膚一陣顫慄，我強忍著想要回頭的衝動。

我們就這樣交談了一陣子，最後由她結束了對話。聽起來她似乎站起身，走進更裡面的房間了。我放下心，不禁嘆了口氣。

「我要失陪一下，您可以趁現在離開這個房間，回去看您的朋友。晚餐再過一會就準備好了，不過畢竟位處深山，只能準備一些粗茶淡飯，還請兩位多多包涵。」

「您太客氣了。讓您這麼費心，實在十分感謝。」

我走出房間，才發現自己流了一身冷汗。

回到剛才的房間，N老師還沒醒。

我決定穿上鞋子，到院子走一走。這是我第一次看到房子的外觀，老舊和廣闊的程度讓我忍不住再次驚嘆。整棟房子只有一層樓。

那女人到底為什麼不讓我看她的臉？我一直耿耿於懷。我走在細石子路上，想到一種可能性，但因為太過荒謬，自己也不禁苦笑。

方才我想借用電話，她卻說家裡沒有電話。

「很遺憾，我必須先告訴您，通往山腳的路途非常險峻，如果您硬要背著朋友下山會很危險。請安心待在這裡，直到您的朋友復原。」

依我的觀察，這棟房子裡沒有電。那女人究竟是怎麼生活的？她和山腳下的人家有往來嗎？

乳白色的濃霧籠罩四周，一時間我以為自己還在睡夢中沒醒來。往院子深處走去，整棟房子漸漸沒入霧中，反倒是先前看不清楚的燈籠，輪廓慢慢顯現出來。

走近才發現，這些圍繞房子的無數形影並不是燈籠，而是石頭，是一尊尊人形的石頭。

因為太過著急，我一時沒控制好力道，紙門急速滑開，發出爆竹般的聲響。

N老師睜開眼睛，我以為他應該無法馬上明白自己為什麼會躺在被褥裡，但他緩緩坐起身，撫著右腳上的繃帶說：

「看來我們的運氣還不錯。」

我向他說明有關女人的事情。

「N老師，你覺得為什麼那女人不讓我看見她的臉？難道她是……」

「你是指看到女人的眼睛就會變成石頭的故事嗎？別開玩笑了，那個傳說哪可能是真的！」

我慌張得呼吸都亂了，N老師卻只是冷笑一聲。

我告訴N老師剛才看見那些石頭的事，他望向打開的紙門，瞥了一下外頭的景象。

「你的意思是，那些石像本來都是真人，因為看了那女人的眼睛才成了石頭？」

「石像」這個語詞讓我的心顫了一下。所謂石像，指的是用石頭雕刻而成的東西，然而，那些物體可以稱為石像嗎？在濃霧中逐漸浮現形體的人形石，第一個出現在我眼前的，是一個似乎正在走路的年輕男子。他的身高和我差不多，斜肩、臉上皮膚有點微妙地使力，表情相當苦惱，顯得很疲憊的樣子。看起來就像一個邊走路邊思考的人，突然被神用鉗子夾起，放進石頭做成的容器裡，如此完美的造型只能稱為奇蹟。

仔細一看，甚至看得見筋肉紋理，男子彷彿僅僅意識到自己正一邊思考一邊走著。我幾乎產生錯覺，忘了眼前的這個東西只是一塊石頭。

我伸手摸了一下，或許是濃霧的關係，石塊表面附著許多小水珠，沾溼了我的指尖。肌膚這麼逼真卻沒有任何彈性，雖說是石塊，我還是非常驚訝。我立刻想起小時候在溪邊撿到的那個手狀石雕，如果這些石塊都是出自情感豐富的天才雕刻家之手，應該是同一人所為吧。但我很確定，這些石塊不是經由一般的雕刻過程製作出來的。

還有一個老人的人形石。這個老爺爺盤著腿坐在地上，滿是皺紋的臉上堆滿了笑意。像是田裡工作告一段落，正偷得片刻悠閒的表情。他的右手抵著額頭，彷彿在擦著汗。如果說石塊表面上的水滴就是老人身上的汗珠，我也一點都不意外。

老人的右手與額頭似乎並未連接在一起。仔細一看，中間只有一張薄紙那麼窄的縫隙，若是用鑿子從一整塊石頭雕出來的，絕對不可能如此精細。連雕刻刀無法伸入琢磨的指縫，也清楚呈現出皺紋的凹凸線條。

還有女子的人形石、孩童的人形石。庭院裡有各種不同姿態、不同表情的人形石，多得數不清。石頭與石頭之間大約有十步的距離，彼此沒離得特別遠，也沒特別聚集在哪一區。

人形石細微到每一根頭髮都清清楚楚，理所當然，一用力壓就斷了。

除此之外，人形石有一個很大的特徵。

「幾乎所有人形石都沒穿衣服，赤身裸體。」

「是嗎？太有意思了。」

石像為什麼沒穿衣服？我告訴N老師自己的看法。簡單地說，我認為是因為某種特殊的能力，使得活人變成石塊，但身上的衣服不受影響。

「如果那女人真的是石眼……」

院子裡的這些石像，可能是看到女人的眼睛，變成石頭了吧。然而，他們身上的衣服仍維持原狀，時間一久，衣服逐漸風化，於是破損、掉落，最後石像變成裸身的狀態。

「可是，衣服這種東西會這麼容易就消失嗎？就算被雨淋，也不至於一點痕跡都不留吧。」

對於這戶人家的女主人就是石眼這件事，N老師抱持懷疑的態度。

「我們並未看過院子裡所有的人形石，說不定有些是穿著衣服的。不過，我想一定有什麼特別的原因，石像才會是裸體，不是嗎？」

「S老師，如果你的假設成立，會不會是附近曾發生過火災？衣服可能是那時候被燒光。」

「或許是被那女人脫下拿走了，雖然我不知道為什麼要這麼做。」

「有可能。不，肯定是這樣沒錯，住在這裡的女人將石像的衣服脫下，因為她需要衣服、需要布料。」

「為什麼？」

「S老師，依你所看到的，這戶人家的文化水準似乎相當低。她應該沒辦法任憑眼前這些還堪用的衣服，慢慢腐朽掉吧。如果取下這些衣服，可以拿來當抹布之類的。像這件東拼西湊的棉被，搞不好原本是某人身上的衣服。不過，我還是不認為石眼是真實存在的，這段話你聽聽就算了。」

我的視線不經意落在棉被上。這床棉被是用許多種類的布料拼成，應該是由女性手工縫製。這時，我們同時注意到一樣東西。

在棉被的角落，有一小塊紅色布料。整條棉被只有這個部分是紅色的，上面有一大朵向日葵的刺繡。那個刺繡非常眼熟，和照片裡母親穿的衣服是同一個圖案。叔叔提過，那天晚上母親穿的是紅色衣服。

如果那女人真的是石眼，我們看到的這些東西，便代表母親來過這戶人家。所以，母親應該已化為人形石，維持當時年輕的身姿佇立庭院的某一角落。

這等於是將母親死亡的證據擺在面前。N老師看著我露出安慰的眼神，約莫也是這麼想。

不過換個角度思考，母親已脫離時間的束縛，她的年輕美貌得以永遠保存在石頭中。一想到這種可能性，我更是難以遏抑激動的情緒。

「餐點準備好了，我幫你們端進來吧。」

女人沙啞的聲音從房間外面傳了進來。紙門是開著的，但我們沒看到她的身影，她似乎是站在遠處對我們說話。N老師探出身子想一窺女人的面貌，我非常嚴肅地阻止他。雖然是第一次聽到女人的聲音，他卻毫不畏懼地開口：

「我是N，剛剛才清醒過來。我從朋友S那裡聽說了您的仁慈，內心感動不已。您幫我們將食物送過來，也是顧慮到我的腳傷不方便吧。但這麼一來，不就等同我們把您當成女傭看待了嗎？我懇求您，讓我們與您在同一時間、同一個地方，一起享用相同分量的食物吧。您待我們如上賓，我們實在消受不起。」

聽到N老師提議我們三人在同一個房間裡用餐，我連忙示意N老師不要再鬧下去了。

「我只是想更瞭解那女人。」N老師看來十分興奮，小聲地對我說。

女子停頓一會，稍稍思考後，接受了這個提議。從女人的聲音聽起來，她似乎看透了N老師的好奇心，就像大人在一旁等著看小朋友玩什麼把戲一樣。

「您應該聽S先生提過，請千萬不要看我的臉。」

女人告訴我們備好餐點的房間位置之後，便離開了。

我把從女人聲音中感受到的從容不迫，告訴了N老師。但N老師也從容不迫地回答，他並未嗅出那種氛圍。

我以肩膀支撐N老師，一起往備好餐點的房間移動。不知是不是故意整他，那個房間和我們睡的房間完全反方向。老舊、塌軟的榻榻米上，擺放著兩個坐起來應該不太舒服的座墊。

兩個座墊都擺得很接近牆壁，離牆壁大概只有三十公分的空間。那裡放著充當餐盤的木板，上面有兩人份的食物。面對餐盤坐下，就會變成背對房間內部用餐。這應該是女人刻意安排的吧。於是我們面牆而坐，N老師因為腳傷，沒辦法像我一樣端正跪坐。

視線所及之處，幾乎都是布滿龜裂痕跡的泥土牆。

背後傳來紙門拉開又關上的聲響，女人進來了。不能轉身看她。

「既然兩位希望和我一起用餐，那麼，儘管失禮之至，請允許我坐在你們的身後。」

聽起來女人似乎坐在房間的另一邊，和我們背對著背，不過我並不是很確定。就算她拿著菜刀，為了做菜以外的目的站在我們身後，我也沒勇氣回頭。在被刺傷之前，我應該完全不會察覺吧。一想到這裡，我不由得緊張起來，早知道就不要穿這種大刺刺露出後頸的衣服。

先前我在廚房看到冒著蒸氣的稀飯，就是我們在這裡吃的第一餐，味道非常淡。

於是，我們在這種詭異的狀態下開始用餐。房間裡異常安靜，甚至可聽見三人咀嚼軟爛稀飯的聲響。我緊盯著牆上的龜裂痕跡，氣氛十分緊張。

我身上滲出了汗，並不單純是吃熱食的緣故。N老師和女人靜靜試探著彼此的動向，我彷彿看得見他們沒有交集的視線之間無形的火花。我盡量不發出聲音，一點一點地咀嚼、吞下稀飯。最早結束用餐、放下餐具的人，非得進行下一個動作不可。這一點相當可怕。現在的氣氛就像是疊得高高的石堆，只要一絲嘆息般的微風吹過，石堆就會倒塌下來。說不定一個錯誤的小動作就會激發她的創作慾望，讓她再完成兩尊全新的石像。

幸好餐具是木製的，不會發出陶瓷餐具特有的尖銳聲響，我虛弱的心臟免於受到驚嚇，停止跳動。

「我想再來一碗。」

N老師突如其來的一句話，連房間裡微弱的聲響都被掃空。

在女人回答之前，我屏住呼吸，拿著筷子的手停在半空中。

「好，馬上來。」

我感覺得到女人起身走過來。女人的影子突然映在面前的牆壁上，我的心跳差點停了。她果然是存在的，不只有聲音而已。

N老師維持面牆的姿勢，手往後伸，將碗交給女人。

「如果方便，我想請教一個問題。」女人還未置可否，他便緊接著問：

「您是石眼嗎？」

接下來的幾秒鐘，什麼事情也沒發生。我的筷子仍停在半空中。

「我還以為您要問什麼，怎麼和大家問的問題一樣？」

女人的聲音聽起來毫不驚訝，反倒是有點冷淡，又覺得有趣。我不禁產生錯覺，那聲音彷彿是從牆縫深處蹦出的兩排白牙所發出來的。

「除了我之外，有其他人問過相同的問題？」
「是的。」
「那個人現在怎麼了？」
「一個不小心，在院子裡硬化了。」
聽在耳裡，這句話特別清晰大聲，她是在我們耳邊說的嗎？
「這麼說，您承認自己就是石眼嘍？我一直以為這只是個傳說，沒辦法輕易相信。」
「那你要看看我的臉嗎？」
過了很久，N老師才回答「不要」。他一這麼說，女人便離開房間，應該是去添稀飯吧。
我側眼看著N老師，他也正好看著我。
「總會擔心有什麼萬一嘛。」他不好意思地笑了。
「這表示你認為她是石眼？」
「不，我還是不這麼認為。雖然我沒看到她的臉就是了。」
女人端著稀飯進房，再次走到我們的身後。我心想，她的腳上總不會長眼睛吧？於是，我盡量收起下巴，留意不要被她發現，一邊努力斜瞄她的腳。

我看到一雙蒼老、醜陋的腳，當然沒穿襪子。那雙腳上布滿深深的皺紋，彷彿是刻壞的石頭。

四

在這戶人家寄住已超過一星期，我們仍未和山腳那邊取得聯絡。幸好N老師的腳沒骨折，已恢復到可拄著拐杖一個人走動的程度，但走山路依然很勉強，還需要再休養一段時間。

不過，就算他的腳完全康復，我也不打算離開。因為我還沒達成當初上山尋找母親的目的。

太陽慢慢升起，瀰漫四周的濃霧映出金黃色的光芒。這裡每天都起霧，圍繞房子的山看起來總是十分迷濛。我想逐一確認每座石像，希望能從中找出母親。石像的數量眾多，而且沒穿衣服，每尊似乎都大同小異。為了避免重複，我在確認過的石像腳下的細石子地上，寫上我的名字縮寫S當記號。

要找出母親並不容易。這一天，我和往常一樣在廣大的院子裡四處逡巡，又在一尊石像腳邊寫下S記號之後，便在一旁坐下休息片刻。剛剛標記的石像，是個年輕女子，跪在地上遠眺著夕陽。如果她身上穿著衣服，就能夠判斷是什麼時代的人了。那平靜的表情令人印象深刻，長髮停留在被風吹起時飄逸的狀態。她的頭髮根根分明，精細美麗的程度實在不像是人造，我不禁伸出手。然而，一碰觸到髮絲，細針般的石髮紛紛折斷，散落在細石子地上，我心中湧起些許後悔。

我順著女子的視線望去，遠處是一片山丘，勾勒出和緩的坡度。此處沒有任何多餘之物，在濃霧中，視線可及的範圍內，只有細石子地，以及聳立在地上的無數石像。無聲的世界無止境延伸，感覺已非人世。

我起身繼續確認石像。

幾千個一動也不動的人，我永遠不會忘記初次目睹這幕光景時受到的衝擊。要在這麼多石像中找出母親極為困難，我不禁心生絕望，但另一方面，也深深感動。

找尋母親之際，我順便觀察附近的地形，發現這裡是一個群山圍繞的盆地，並無通往山腳下的路。

這棟房子前方有一條橫向的細石子路，我和N老師就是從其中一個方向走來。另一個方向的路，則是劃了很大的弧度，通過當初社會科老師與美術老師跌落的斜坡，再度繞回這棟房子旁邊。換句話說，這個濃霧瀰漫的盆地外圍，是由一條細石子路所形成的大圈。不管往哪個方向走，最後都會回到女人的這棟房子。

走完一整圈，需要花上一整天。細石子路有一側總是向著盆地中心，視線所及全是細石子與石塊。不過，這種殺風景的世界並非無盡延伸，再走一陣子便進入雜樹林，也出現了耕地和水田，我的眼睛終於憶起灰色以外的顏色，這些便是用來當食材的農作物。那天我背著N老師，在太陽下山之前看到的，原來就是這一帶的景象。

盆地的外側有幾處是陡峭的斜坡，或是長滿樹木的懸崖，根本不可能爬上去。這是大自然形成的柵欄，一旦踏進這裡，就無法出去。

途中只有一個地方，會經過一座石橋。橋並不長，將近三分之一的表面都覆蓋著青苔，橋下是一條細而湍急的小溪。女人幫我們準備的食物裡只出現過一次魚，想必是在這裡用網子捕到的。

女人曾說知道通往山腳下的路。離開盆地的出口，究竟隱藏在哪裡？總覺得女人會以我朋友的腳傷還沒痊癒為藉口，不願告知出口的所在之處。

和女人一起用餐還是老樣子，對心臟很不好，不過我漸漸能耐著性子享受餐點的味道了。我面壁端正跪坐，吃著餐盤上的桃子。房子四周種有五棵桃樹，隨時結滿成熟的桃子。這裡的桃子很甜，沒有澀味，非常美味。

用餐的時候，女人偶爾會向我打聽山腳下的事，或許應該說人世間的事吧。我和N老師說明現在的科學如何發達，她總是默默聽著，當然，我們不會曉得她是什麼表情。外面的世界在一個隱居深山的人心中，映出的不知是怎樣的景象？

「聽兩位描述山腳下的樣子，我實在難掩訝異。根據兩位的說法，那裡住著為數眾多、數也數不盡的人，我實在無法想像。這麼多的人同時行動、說話，兩位不覺得可怕嗎？」

我向女人提起母親的事。因為繼續沉默下去，情況對我們不利。

「來到這裡的人，全變成石頭了。S先生，您的母親恐怕也不例外。如果您願意，可以看看裡面的倉庫，那邊沒上鎖。成了石頭的人們身上的東西，都收在倉庫。」

伴隨著重物滾動般的聲音，倉庫的門打開了。空氣中混雜許多不同的臭味，每吸一口氣，我的胃都隱隱感到一陣痙攣。

我想起老家的倉庫，裡面堆放著耕耘機以及洋蔥、芋頭等農作物，四周散落著稻稈。老家的倉庫也很臭。

這倉庫幾乎和女人的屋子一樣大，裡面黑漆漆的，沒有任何採光的窗戶，在我打開門之前，應該是完全密閉的狀態吧。濃霧中，薄弱的陽光從門口照進來，雜亂無章堆放的物品形成一道道高牆，看上去擁擠不堪。由於全是年代久遠的物品，似乎輕輕一碰就會化成細沙，散落一地。

倉庫實在太大了，門口透進的些許陽光無法照遍每個角落，於是我決定使用照明工具。我以帶來的打火石和火鐮，點燃燭台上的蠟燭。這是女人幫我準備的。這個家沒有電燈，女人似乎都是靠蠟燭當夜間照明。

我走在倉庫裡，沒多久便迷失了方向。天花板很高，四周又被黑暗籠罩，宛如置身宇宙空間裡的迷宮。藉著微弱的燭光，想找出母親留下的東西，像要在稻草堆裡找出一根針那麼困難。更何況，我根本不知道母親留下什麼東西，她也可能是空著手上山。就算找到母親的東西，我還是不知道變成石像的母親在何處，只不過是證明她真的來過這裡。

於是，我決定離開倉庫，回去告訴N老師今天白跑一趟了。他的腳受了傷，應該待在房裡好好靜養，但他終究抵擋不住好奇心，這幾天開始在院子散步，觀察那些變成石像的人。手裡拄著女人幫他準備的、看起來像神仙會拿的拐杖。他到現在仍不願意接受那些石像是由人變成的說法。

好不容易走回倉庫門口，我將燭火吹熄。燭火瞬間變大，搖晃了幾下，便熄滅了。那一瞬間，燭光似乎反射到某個東西，就像是在遺跡中發現電燈開關般令我驚訝不已。

那個東西大半埋在雜亂堆放的物品中，其實是古老的拍立得相機。剛剛的反光，約莫是從相機鎂光燈的反射鏡而來。

一拉出相機，堆在上面的物品全掉下來，原來是相機的背帶和女用皮包纏在一起了，我一眼就看出是屬於誰的。相機壞了，皮包裡只有一張舊照片和粉餅盒，不過這樣就夠了。

粉餅盒附有一面鏡子，我決定帶走，說不定哪天會派上用場。我發現這個家裡沒有鏡子，這一點倒是不難理解。

照片應該是在室內拍的，只見一對母子笑得燦爛。我依稀記得照片中的那個房間，閉上眼睛，耳膜的內側彷彿響起記憶中母親為我唱的搖籃曲。我將照片收進懷裡。

「我終於明白，你為什麼深信那些石像都是人變成的了。老實說，看著那些石像我覺得很不舒服。」

「是嗎？我反倒十分感動。」

我們在自己的房間裡，N老師一邊換繃帶，一邊笑著聳了聳肩。

「我從以前就很怕太過寫實的圖畫和雕刻，尤其討厭音樂教室裡掛的貝多芬和畢卡索之類的畫像。不過，福澤諭吉的畫像我挺喜歡。」

「你是指鈔票吧。可是，音樂教室應該不會掛畢卡索的畫像。」

N老師把女人調配的藥膏塗在腳上。這種藥似乎十分有效，他的腳明顯已消腫。

「總之，我還是不相信那女人就是石眼。雖然不懂雕刻，但我覺得那些雕像都是人造。說什麼看了石眼的眼睛就會變成石頭，稱不上可靠的判斷基準。」

「不過，你不願意看那女人的臉，不是嗎？」

「我不會看的，心裡有點怕怕的。不過，如果哪天我也變成石頭，就不得不相信世上真有石眼了。」

用餐時間到了。

N老師詢問女人每天都在做什麼事情。

「我通常會待在田裡或是自己的房間。我下田的時候，請不要隨意靠近。即使站得很遠，只要看到我的眼睛，就會變成石頭。」女人以慣有的沙啞嗓音回答。

雖然我不知道N老師有何感受，但她的每一句話都讓我非常緊張。如果真有巫女聽得見神明的指示，想必每次都會體驗到和我類似的惶恐吧。

惶恐。您剛才說的我都明白了，但接下來您將告訴我什麼，我一點頭緒也沒有。類似這樣的惶恐。

「您為我做的一切，實在難以用言語表達感謝之意。多虧有您調配的藥膏，我的腳才能恢復得這麼快。不過，我還是無法相信您是石眼，可否請您在我的面前，將某樣東西變成石頭？」

聽到他這麼說，我手中的筷子差點滑落。

「N先生，您真是個有趣的人。不過，我可以拒絕這個要求嗎？」

「我實在無法抑制好奇心，這是我最後一個請求，請務必答應。」

過了一會，女人終於開口。

「既然N先生這麼說，我決定改變主意。那麼，用完餐後，請兩位移駕到玄關旁的桃樹下吧。」

我們依照約定來到桃樹前，女人尚未出現。

「請兩位待在原地，注視著桃樹的方向。」背後傳來女人的聲音。

踩在細石子地上的腳步聲愈來愈接近，不能轉身看她。

「小鳥馬上就會來啄桃子，到時……」

我會將牠變成石頭。

女人的聲音似乎就在我的耳後，她的呼吸聲透過空氣傳了過來。我拚命盯著桃樹，壓抑想回頭的衝動。

如同女人所說，過了一會，一隻小鳥飛過來，一身蓬鬆的白色羽毛，在樹枝上碎步跳著。牠忙碌地擺動著頭，從樹枝跳到熟透的桃子上。小鳥發出清脆的叫聲，準備啄食腳下的桃子。

瞬間，小鳥往我的方向看過來。正確地說，應該是看著站在我身後的女人的眼睛。

我一時沒弄清楚發生什麼事情，只見桃子從樹枝掉落地面，而小鳥就站在桃子上。

「那麼，我有農活要忙。N先生，您的腳傷還沒完全康復，最好不要過度走動。」

接著，傳來女人離去的聲響。

我和N老師立刻上前一探究竟。雖然桃子掉下來之後，小鳥和桃子分開了，不過在掉下來的那一瞬間，小鳥確實站在桃子上。桃子沒什麼異狀，只是多了一些小鳥啄過的痕跡，和落地的撞擊痕跡。不過，小鳥維持著剛才的姿勢，白色羽毛轉為灰色，成了一塊石頭。

我拿起小鳥，確實是石頭的觸感。原本蓬鬆的羽毛變成硬邦邦的石頭，體溫也消失了，只是個冰冰涼涼的硬塊。最關鍵的是，牠很重。

「桃子會掉下來，一定是因為承受了這個重量。小鳥活著的時候很輕，突然變成密度這麼大的石頭，桃子當然無法承受，於是就掉下來了。」N老師語氣平淡地說明。

「你承認那女人的力量了嗎？」

他看起來有一點不服氣，但雙眼炯炯有神。

「不，我絕對不承認。這一定是夢，我要找出哪個部分是夢，哪個部分是真實世界。由於這件事，我的好奇心反而更強烈了。對了，S老師，你不是說在女人的房間裡看到一個木盒？」

「嗯，在這房子清醒的那一天，我想找出住在這裡的人，不小心闖進女人的房間。就是在那個時候看到一個小木盒。」

「我記得每個地方有關石眼的傳說不盡相同，好比……」

「你是指，除了把生物變成石頭的眼睛之外，她還有另一雙真正的眼睛的傳說嗎？」

「嗯，聽說石眼真正的眼睛已被刺瞎，她悲傷過度，後來將自己也變成石頭。」

「不要告訴我，你在猜想木盒裡放的才是那女人真正的眼睛！」

「你不是說木盒像是被供奉著嗎？裡面想必藏著那女人最重要的東西。或許如同傳說所述，裡面裝的是石眼最大的弱點。」

看他高興的樣子，我知道他腦袋裡在盤算什麼。

「你該不會是想潛進她的房間，看盒子裡裝的是什麼吧？」

「她現下在田裡吧。」

那副表情說明了他絕不會放棄大好機會。我把變成石頭的小鳥放進懷裡。我們闖進女人的房間，這裡和之前一樣空蕩蕩，不過沒看到那個木盒。

「是這個房間沒錯嗎？」

雖然屋子裡的房間多到數不清，但我確定就是這一間，因為角落依然放著木製檯子和蠟燭，只有原本放在木檯上的盒子不見。或許是女人猜到我們的想法，把盒子藏起來，或是帶出去了。

N老師顯得既失望又開心。

「看來，她真的很不想讓我們看到盒子裡裝的東西。這下不是教人更期待了嗎？」

我不得不佩服N老師的膽識，如果當初只有我一個人來到這戶人家，我無法想像會是怎樣的情況。

我們回到自己的房間。

深夜。

我躺在被窩裡，迷迷糊糊快睡著的時候，突然被N老師搖醒。他拿著一根點燃的蠟燭。

「怎麼了？」

「我去一下那女人的房間。白天在她的房間裡沒看到木盒，大概是她藏在懷中帶去田裡了。不過，她現在應該是毫無警覺地睡著大覺，木盒一定會放回你上次看到的地方。」

「你該不會是想趁著那女人睡著的時候，潛進她的房間打開木盒來看吧？」

「我會盡量不吵醒她。」

我阻止他說：「太危險了，你的腳傷又還沒好！」

「那女人的年紀一定很大了。我爺爺睡著的時候，就算在他的耳邊大叫，也吵不醒他，那女人想必也一樣。況且，我的腳好得差不多了。」

「先說好，我不會去。」

「我又沒要你跟我一起去。好了，你就等著我回來報告盒子裡裝什麼吧。」

說完，他便消失在紙門的另一頭。

我蓋上棉被，靜靜等他回來，實在睡不著。直到天亮，他依然沒回來。

五

早餐的時間快到了，我獨自往用餐的房間移動。昨天晚上N老師沒回來，我心中不祥的預感愈來愈強烈。

原本應該是N老師坐的位置上，不見原有的座墊。眼前的餐點也只有一人份，女人只準備了我的食物。

我和往常一樣面牆坐下，接著身後有人出現。是那女人。想到我必須一個人和她打交道，不禁一陣恐懼。

女人坐下來，直盯著我的脖子。沒錯，我就是知道。後頸燃起一股灼熱感，彷彿有人拿著烙鐵燙上來。但我不能回頭，只能一逕望著牆上的裂痕，默默流著汗。

「我對那個人太失望了。」女人終於開口。我的肺像是被人揪住，喘不過氣來。「我為他做了那麼多，他卻這樣回報我，太令我訝異了。」

女人的聲音乍聽之下和平常沒什麼兩樣，僅有幾乎察覺不到的些微顫抖。那代表她心中的不安，但我只覺得自己的血液直衝腦門。

「發、發生什麼事情了嗎？」

「哎呀，您應該心裡有數吧。」

我壓抑著嘴唇的顫抖，好不容易發出聲音：

「我想聽您親口告訴我。」

「那個人昨天晚上變成石頭了。事情的經過實在令人難以啟齒，我懷疑他是一時失去理智。我希望他的腳傷能快點痊癒，好心為他製作藥膏，他居然做出這種背叛我的行徑，太遺憾了。早知道會發生這種情況，當初我就不應該讓你們進屋。我太天真了。」

女人淡然說出這些話，我的胸口有股沉重的壓迫感。

女人繼續說了一些她對N老師的不滿，然後我們開始用餐。當然，像以往一樣，我們背對著背。

「那麼，動彈不得的N老師在什麼地方？」

「去我的房間前面看看，您就明白了。」過了一會，女人又說：

「S先生，您和N先生不同，相信您不會糟蹋我的好意。我希望不會再發生像昨天晚上的事情，影響到我們往後的相處。」

感受到女人緊緊附著的視線，我拿著筷子的手冒出雞皮疙瘩，背後彷彿爬滿了蛆。

「如果我借住在這裡，會讓您感到不快，請您直說。N老師不在了，我可以自己下山。」

「找到您的母親了嗎？」

「還沒有。」

「您可以繼續待在這裡，直到找出您的母親為止。我相信您，並且熱切期盼您能待久一點。還是，您對於在這裡的生活，有任何不滿嗎？」

「請不要這麼說。這裡的氣候良好，環境安靜又舒適。更何況，您待我這麼親切。」

實際上，住起來的確非常舒適。

「那為什麼還要回山腳下呢？您可以一直住在這裡沒關係。」

她不太有情緒起伏的話聲中，似乎帶著一絲滿足，雖然可能是我會錯意了。

我咬一口桃子。說實在的，我已厭倦這些味道甜美的桃子。

「從這邊能看到很遠的地方吧？」

N老師沒答話。

用完餐後，我來到女人的房前，看到變成石像的N老師。他伸出一條腿坐在地上，右手握著拐杖，左手停在胸前。拐杖被他變成石頭的右手緊緊握著，拿不下來。他露出滿足的笑容，看著左手指的方向。當時他的左手應該拿著那個木盒，正準備打開，怪物卻從睡夢中醒了過來。

我不忍心見他被放在女人的房前當擺設，於是花了半天的時間，將他搬到院子裡視野較好的地方。雖然霧很濃，視野能好到什麼程度我也很清楚。

一群石像中，只有他一個人穿著衣服坐在地上。

今天我和往常一樣繼續尋找母親。地面上到處都是我留下的S記號。再過不久，就能檢查完所有的石像。如今我在檢查時，已不先看石像的臉，而是直接找沒有S記號的石像。

可是，看似數量有限的石像，卻永遠檢查不完。跟女人一對一用餐的生活過了一個星期之後，仍陸續發現沒標記S的石像。我以為已檢查過全部的石像，匪夷所思的是，還是有沒標記的石像陸續冒出來。我沒找到母親，心中的焦躁感逐漸增加。我彷彿是迷路的孩童。

我好似夢遊症患者，在濃霧中不停來回走動，一動也不動的石像宛如亡魂，隱約出現又消失。眼前只有細石子和石塊，幾乎沒有任何生物，偶爾才會看見巨大的蛇吐著鮮紅舌頭，穿梭在石像之間。

我累了，癱坐在細石子地上。下午的陽光穿不透濃霧，微弱的光線照得四周白濛濛，我的心裡卻是一片黑暗，不見一絲光線。

有人從背後叫住我，是那女人。

「我剛好要去田裡，途中看到您，忍不住和您打聲招呼。看您坐在地上，似乎很疲倦。找到您的母親了嗎？」

「我受夠了。不管我怎麼找，似乎都沒有結束的一天。以為眼前是最後一尊石像，濃霧中又陸續出現我沒看過的石像。這些化成人形的石頭，簡直猶如濃霧凝結成形，不停冒出來。我只想看一眼母親年輕貌美的模樣，但我的力氣已用盡。或許最後我會放棄，直接下山。」

「S先生，我每天為您準備三餐，盡量讓您舒適地生活，您卻打算在還沒找到母親之前就離開。您沒必要急急忙忙回到那個充滿人類的可怕地方吧。我希望您多看看這些石像。只有在這裡，才能看到這麼完美的石像。用耳傾聽，以眼明視，沒人會不被這些石像感動。即使如此，您仍打算離開這些石像，到別處生活嗎？」

「我非常贊成您說的話，但我的叔叔還在山腳下。他是我唯一的親人，再不回去，他會擔心。」

「S先生，我很猶豫是否該告訴您下山的路。這麼做不是希望您報恩，但無視救命恩人的話語，把她丟在山裡獨自離開，您不覺得太過殘忍嗎？」

說到這裡，女人沉默下來。大概是在等我表示贊同吧，但我不想點頭。

「您不這麼認為嗎？」女人又問了一遍。

我漸漸覺得女人的聲音聽起來很刺耳，不禁一陣害怕。是的，我也這麼認為。我必須盡量和她保持友好的關係，不得不附和。

「或許話說得重了點，不過都是為您好。請原諒我多事，我並不打算強留您在此地，但請讓我繼續為您準備三餐，直到您找到母親為止。等你們母子相見，我就會告訴您下山的路。」

說完，女人就離開了。我繼續在霧裡尋找母親，甚至有種錯覺，自己可能會死在這些石像當中。

我回想著女人說過的每一句話，內心逐漸被灰暗的絕望侵蝕。找到母親之前，我恐怕不可能離開這裡。然而，找到母親之後，女人真的會告訴我下山的路嗎？她似乎希望我繼續留在這裡，為什麼？因為寂寞？石眼怎麼可能會有這種人類的情感？

女人留下我，約莫也是為了把我變成石頭。女人似乎和我一樣，認為變成石像的人都很美。這些石像就是她的收藏品，這裡就是她的美術館。抓到按下快門的最佳時刻，只消一個凝目注視，女人便能將我封存在時間的輪迴裡。

想到這裡，我突然心生疑惑，這個怪物的企圖真如我所想嗎？那麼，我的性命就危險了，但目前沒有任何證據可證明她打算害我。對她來說，我究竟是怎樣的拍攝目標？

只要找到母親，就能找到出路。我為自己打氣，繼續在霧中前進。

又發現一尊沒有S記號的石像。那是跪在地上的年輕女子，面向夕陽，安詳的表情令人印象深刻。

我的雙腿頓時失去力氣，跪倒在地。諷刺的是，這姿勢正好和石像一樣。我看過這尊石像。幾乎所有的石像都已消失在記憶中，但這尊石像安詳的表情讓我留下深刻的印象，我很確定之前看過。那時，我輕輕摸了一下她迎風搖曳的長髮，幾根髮絲便折斷掉落，地面上散落著一些細針般的石頭就是證據。可是，為什麼地上沒有S記號？一定是被擦掉了。被女人擦掉了。她知道這個文字代表的意義，為了讓我不停重複檢查相同的石像，她抹平細石子地，將記號擦去。

母親的石像或許被藏到其他地方了。女人讓我在沒有母親石像的地方不停尋找，耗損我的意志。我的臉上逐漸顯現找不到母親的不安與焦急，女人不會錯過我瀕臨崩潰的瞬間，她會如同按下快門般，將我苦悶的表情永遠封存下來。

憶起那些石像的表情，我不寒而慄。石像中有的表情安詳，有的表情痛苦，全是女人一手安排的嗎？充分表現出內心情感的石像，應該是她最希望得到的效果吧？

純粹將人變成石像，女人並不滿足。她會在對方沒有察覺的狀態下，巧妙地讓作品接近她期待的造型。

至於我，她應該是想塑造出痛苦的表情吧。一種四處徘徊尋找，卻始終無法見母親一面的痛苦。女人花費那麼多時間阻止我離開，還要耍弄伎倆才能完成這樣的作品。對她來說，這是一場伺機而動的遊戲。

變成石像之後，我的脖子下方會掛上寫著作品名稱的牌子吧。作品名稱會是什麼？取名「絕望」如何？果真如此，我的表情早已達到她的期望。

再過不久，女人就會察覺時機已到，出現在我的面前，宣告遊戲結束。所以，在那之前，我必須採取行動。

六

夜晚。濃霧難得散去，四周籠罩著冷冽的空氣。

藉著微弱的燭光，我到廚房拿取菜刀。刀刃鏽跡斑斑，沒辦法保證足夠鋒利，但我找不到其他可用來殺人的工具。

稍一分心，我差點喘不過氣。夜晚緊張的氣氛彷彿化成千萬雙無形的手，緊緊纏上雙腳，阻止我的行動。

我已擬好計畫。喚出女人之後，熄滅燭火，以菜刀取她的性命。

女人的武器就是視線交會時將人變成石頭的那對眼睛，所以我必須一直緊閉雙眼。換句話說，只有在使用眼睛的狀況下，女人才有絕對的優勢。

況且，在這裡生活了幾個星期，我發現除了用眼睛將人變成石頭之外，女人似乎並無其他特殊的能力。我只要閉緊眼睛，應該就沒問題。換個角度試想，只要這麼做，女人就和一般的老人沒兩樣。

結論就是，只要剝奪她的視覺，我和她便處於相同的條件下。這種時候，當然是懷中藏著武器、被逼退到角落的老鼠，才是有利的一方。

吹熄燭火後，四周會陷入黑暗，我決定藉此剝奪女人的視覺。因為我曉得女人也有在晚上使用蠟燭的習慣。

我來到女人的房前。

「您在裡面嗎？我是S。不好意思，這麼晚來打擾，可以和您說一下話嗎？」

我的心跳加快，為了避免她有所察覺，我刻意放輕呼吸。

房裡傳來女人的聲音。

「有什麼重要的事情，非把我從睡夢中吵醒不可？」

「這件事非常重要，不好隔著門說。方便請您到其他房間來嗎？如果您願意撥出一點寶貴的時間給我，請隨我來。」

過了好一會，女人終於開口：

「知道了，我準備一下。」

「我帶了燭火，您空著手沒關係。」

我背對著房間，身後傳來女人拉開門走出來的聲響。她沒帶燭台，正中下懷。要是她也帶著照明工具，就壞了我的計畫。

她跟在我的後方，走在面向庭院的走廊上。夜已深，黑暗中只有我手上的一點光源。雖然正值夏天，火光周圍卻沒有蟲子聚集。

我知道女人一直盯著我的背，真想轉身蒙住她的眼睛。然而，只要我稍有閃失，就會被她的視線吞沒。

我打算將女人帶到位於屋子中央的房間。若是面向庭院的房間，就算吹熄燭火，月光也會透進紙門，女人還是有可能看得見。

終於抵達符合條件的房間。我在房中央坐下，把燭台放在面前，女人緊接著在我的背後坐下。她似乎面朝著我，注視著我的頸子。

「我還是決定下山，離開這個地方。」

女人似乎不太確定我說這番話的用意，她思考片刻，回道：

「S先生，我實在太失望了。您不是尚未找到您母親的石像嗎？」

雖然女人盡量維持平常的語調，卻藏不住焦慮。我閉上眼睛，女人起伏的情感彷彿化成劇烈的波濤，不停湧向我。或許那是怒氣或殺意吧。我沒乖乖順從，她相當不滿。

「今天中午我終於見到母親了。多虧您的善意協助，真不知該如何表達我的感謝。」

空間裡似乎響起龜裂的聲響。

「說謊！您只是想知道下山的路，才編出這種謊話吧。」

「不是的。我看到母親站立在那裡，如同我心中描繪的那麼美，在夢幻的霧之海中，臉上洋溢著永恆的微笑。我的願望已實現，終於能下定決心回去。」

「不可能，這全是謊話。要不然就是您看見的石像，根本不是您的母親。」

只要有絲毫鬆懈，我的心臟就將停止跳動。汗珠滑下臉頰，即使是稍微動一下，我和女人之間脆弱的平衡關係似乎就會瓦解，我甚至不敢伸手拭汗。我彷彿端坐在一條細繩上，下方便是萬劫不復的地獄洞口。

「您怎麼曉得？難道為了留下我，您將我母親的石像藏在某處？」

「真是令人不快的說法。當您昏倒的時候，我無條件照顧您，卻換來這種回報？」女人的聲調越來越高，「多麼粗暴狂妄、不禮貌又殘酷的態度。如果您現在請求我的原諒，我還可以考慮。請拿出誠意請求我的原諒，否則我只好做出最壞的打算了。」

我用手指捻熄燭火，四周馬上陷入黑暗。

我的肌膚感覺到女人吃驚得倒抽了一口氣。黑暗中，我採取在腦海裡排練過無數次的行動。我從懷中取出菜刀，站起身。

我屏住呼吸，閉起眼睛。這是小時候玩的捉迷藏遊戲，我的身體還記得。即使身處黑暗，我仍知道自己在房間裡的哪個位置。藉由衣物的摩擦聲，我大概能判斷女人在哪裡。

我握著菜刀面朝女人所在的位置，對準她的腹部刺去。沒有刺中。

女人從一旁撲到我的腳邊。她纖細的手臂宛如一種形體不明的動物，力道之大出乎我的意料之外。她的手指緊掐著我的腳，感覺得到她心中那股含有恨意與詛咒的黑暗情感。我滿懷驚恐，仰面倒在地上。

雖然目前的姿勢對我不利，我還是拚命地朝前方揮舞刀子。刀刃終於刺進女人的身體，傳來手指戳進氣球時那般柔韌的反彈力量。生鏽的刀子劃破傷口，一路刺進女人的身體，直到刀柄沒入。刀鋒碰到某種硬物，可能是骨頭吧。我放開刀子，女人發出野獸般的哀號。

我無法立刻站起身，仍竭盡全力往反方向逃。濃稠的血腥味，將我的腦海染成鮮紅。然而，腦中的某個角落，也浮現一絲終於擊倒女人的安心。我不知道刺到她的哪個部位，但透過刀子的觸感，我確定女人不可能沒事。只要我逃進森林，她應該追不上來。

這時，傳來一陣敲打硬物的聲響，我意識到有危險。那是磨擦打火石的聲響。女人想點火燒什麼東西，我到現在才發覺她身上藏著打火石。

接著，我聽到火被點燃的聲響，是紙門。她想燒門照亮房內。

突然間，我的臉頰感受到一股強勁的壓迫。女人捧著我的雙頰，氣息吹在我的臉上。她就在我的眼前。

「快睜開眼睛！」

女人的語氣非常強硬，幾乎震動我的臉頰。相對於她強而有力的聲音，我只能靠著僅存的一點意識拚命對抗。

霎時，我想起一直收在懷中的東西——母親留下來的粉餅盒。

「我叫你睜開眼睛！」

女人的聲音彷彿從深不見底的洞穴中傳來，她沾滿鮮血的雙手不停摸著我的臉頰。

趁女人不注意，我打開懷中的粉餅盒，將鏡子那一面朝向她的雙眼，暗自祈禱。我以為女人會因鏡子反射而將自己變成石頭，卻希望落空。女人的手一揮，打掉母親的粉餅盒。

她執拗地要我睜開眼睛，我不停搖頭，想掙脫她的雙手，但逃不開。或許眼淚掉下來了，不過我打定主意，不管發生什麼事情，都不睜開眼睛。即使被火焚燒，即使被刀刺傷，我都不願成為女人的石像。

耳邊傳來火焰吞噬房間的聲響，不知不覺間女人鬆開了我，直到剛剛還在面前的呼吸聲也已消失。

這時，突然傳來一個懷念的聲音，就像老電影的配樂，緊緊揪住我的心。

那是母親為我唱過的搖籃曲。

我竟然忘了那個石眼模仿孩子的聲音引誘母親回頭的傳說，等我想到可能是陷阱已太遲。

我呼喚著母親的名字，睜開雙眼……

七

睜開眼睛，最先映入眼簾的是純白色的天花板。我躺在床上，手臂上扎著針，打著點滴。環顧四周，不見那女人的蹤影，也沒有紙門燒毀的痕跡，只有窗簾輕輕被風吹起。一切都是夢嗎？我按了一下手臂，確認是否還有彈性。知道自己沒變成石頭，我總算安心。

過了一會，護士和醫生進來，我才曉得自己被送到醫院。

接到醫院的聯絡，叔叔得知我醒了，不到十分鐘就帶著花和一些行李趕來。他告訴我詳細的經過。

我和N老師上山超過一個月，所有的搜索行動都無功而返。就在大家認為我們已遭遇不測的時候，突然有人發現我。

兩天前，我隨著河水被沖下山，就是我小時候在青苔之間撿到手掌石雕的那條河。我馬上被送進醫院，一直昏睡到剛剛才清醒。我向叔叔詢問N老師的行蹤，叔叔遺憾地搖了搖頭。

叔叔將帶來的花放進花瓶，然後交給我一包東西。那是一個束口袋。我打開一看，心臟愈跳愈快。

「你被人發現的時候，衣服裡塞著這些東西。」

小鳥形狀的石頭和木盒。一瞬間，我又被拉回那個充滿血腥味、充滿火光的房間，宛如煙火綻開，忘卻的畫面再度鮮明起來。

叔叔想打開木盒，我急忙阻止他，問道：

「叔叔，只有這些嗎？我被發現的時候，身邊應該還有一塊石頭。一塊人腿形狀的石頭。」

原來我一個勁認定是石眼的人，並不是石眼。那一夜，我睜開眼睛卻沒變成石像，只看到一個唱著搖籃曲的老婦。

在熊熊燃燒的房間裡，老婦向我敘述她的前半生。

她年輕的時候，上山想要自殺，來到這棟濃霧籠罩的老房子。當時這裡住著真正的石眼，雖然石眼想將她變成石頭，卻遲遲沒成功。後來，對世界感到絕望的她和石眼之間逐漸萌生友情。原本打算自殺而入山的女人，終於在山裡得到平靜。

很偶然地，她帶著拍立得相機。或許是一心想成為攝影家，連走上自殺一途時，她仍捨不得放下相機。

某天，女人想為石眼拍一張照片，決定不看相機的取景窗直接拍攝，石眼也對這台機器感到好奇。然而，不幸就在這時發生。女人按下快門後，將還沒顯影的照片交給石眼。

照片上的影像慢慢浮現。石眼興味盎然地緊盯著這個從未見過的東西，於是變成了石頭。顯現在照片上的石眼自己的影像，那雙具有魔力的眼睛，將她變成一尊石像。

即使石眼的眼睛也變成石頭，卻仍會將看見這雙眼睛的動物全變成石頭。這樣下去太危險，於是女人把唯一的朋友敲成碎片，埋進地底。

之後，她便假冒石眼，守護著這棟房子。對世間一切感到絕望的女人，這棟房子是她唯一感到安心的地方。只要有人想破壞這個安穩的世界，她就會拿出石眼的照片，毫不留情地將對方變成石頭。

時光飛逝，女人的年紀愈來愈大。就在這個時候，出現兩個在山上遇難的人。聽到其中一人的姓名之後，女人震驚不已。當年入山前拋下的孩子，以成人之姿出現在她的面前。

然而，孩子不但沒察覺眼前年老的母親，還深信母親以年輕貌美的姿態變成了石像。

女人想起自己是多麼自私的母親，為了工作甚至不惜捨棄孩子。事到如今，她不知如何面對孩子，寧願在孩子的心中維持著年輕貌美的樣子。於是，她隱瞞真實身分，繼續冒充石眼。

原本她打算等另一個人腳傷痊癒，馬上讓他們離開。可是，和孩子生活在同一屋簷下的期間，她發現已離不開孩子。她害怕又獨自留在深山裡，決定不讓孩子回到山腳下……

火勢愈來愈大，再不離開這棟房子，性命恐怕就會不保。

刀子刺進女人的大腿，大量的鮮血流出，肯定是沒救了。最後，她拜託我取來木盒，希望死前能看一眼好友石眼的照片。原來木盒裡放的是那張照片。把小鳥變成石頭的時候，她就是將照片藏在懷中，悄悄在我和N老師身後拿出來使用。

於是，我衝進火焰中，奔回她的房裡，拿出木盒。木盒一直放在房裡，這表示她從一開始就不打算將我變成石頭？

我將木盒交給女人之後，背對著她。我的身後傳來嘆息聲。

多美麗的臉龐，沒想到妳長得這麼美……

不久，女人的呼吸聲消失，約莫是變成石頭了吧。刀子在她腿上留下的傷痕，化為石像上的一道削痕。削痕以下的部位斷裂，滾落在榻榻米上。

我小心地避免看見，將那張照片放回木盒。N老師在人生的最後一個晚上，應該成功地看見了盒子裡的照片。他伸出一隻腳，八成是順利偷出木盒，放下心後，在房外坐下，一面打開盒子時的姿勢吧。他看著自己的手指，也是因為拿著這張照片。

一回過神，我發現自己光著腳，站在鋪滿細石子的庭院裡，眺望著被火燒個精光的房子。之後的事情我沒辦法清楚地想起，只隱約記得我緊緊抱著女人變成石頭的腿，藉著月光，赤腳行走在石像林立的霧中。

接著，我似乎跳進河裡，是想自殺嗎？抑或，是在錯亂的思緒中，察覺沿著河流就能順利下山？

那個盆地被一條環狀的道路圍住，而且整條路上只有一座橋，確實太奇怪了。如果河川橫跨整個盆地，應該會有兩座橋。若只有一座橋，表示河的發源地或是盡頭就在盆地當中，但看起來都不可能。難道盆地內外的空間，是以某種不可思議的方式連接起來嗎？最終，河川正是這個牢籠的出口。要是將盆地視為子宮，這條河就是產道吧。小時候撿到的那塊石頭，應該是從上游沖下來的。

我在河裡被人發現的時候，並未抱著那塊變成石頭的腿，大概是遺落在途中了。

我轉進雙人病房。隔壁床的孩童指著我身旁的石鳥說：「好漂亮，像真的一樣。」我把石鳥送給孩童，他則回送一張自己畫的母親畫像。那是用蠟筆畫的，富有童趣，比我至今畫的任何一張畫都漂亮。

我透露自己是美術老師之後，他問我怎樣才能畫得更好。我告訴他，不用想著怎樣才能畫好，只要為母親努力畫出一幅畫就夠了。母親一定會很高興。

出院之後，我每天都去河邊。

偶爾，我會想起燒毀的房子和老婦的事情。令我訝異的是，自己懷抱的情感竟是懷念。

我猶豫著要不要打開手邊的木盒。我很想在有生之年，看一眼照片裡的人，然後變成石頭，但現在還不是時候。

沿河畔走著，我總是留意著河底。附近的人看到我的舉動，問我是不是在找東西。

「是啊，我在找我母親的一條腿。」我如此回答。

小初

1

比約定的時間遲了一些，木園走進咖啡店。我們很久沒見面了，一時之間竟有點生疏。

「小初的忌日就要到了，我們買束花去那傢伙出事的地方吧！」

大概一星期前，我的朋友木園淳男打了通電話來。

距今正好整整一年前，小初死於一場意外。她搭乘的公車在過橋的時候，跟卡車正面對撞，於是公車翻落橋下。乘客幾乎全數罹難，只有一個孩童奇蹟似地獲救。

發生意外的那座橋我很熟悉，橋非常老舊，欄杆也相當低，所以公車才會翻落到河裡。當時事故報導的剪報我到現在還留著，小初的名字也出現在罹難者名單上。

「哪天我因某種差錯而看似離開人間，不必為我難過。我的死亡和一般人的死亡，意思是不一樣的。」

以前，小初總是這麼說。

2

我第一次遇到小初，是在小學四年級的時候。

小學時代，我是個「角落小孩」。所謂的「角落小孩」就是泛指那些喜歡窩在角落的孩童。

我最喜歡靠窗邊的位置了，偶爾因換座位而必須坐到教室中央，我會變得很不安。不管是拍照，或是走在路上，我總是盡可能避開中央，移到邊角，不想成為注目的焦點。

在老師的眼裡，我是個乖巧的孩子，小學時我的成績既沒差到讓人印象深刻，也沒做過什麼反抗老師的事，身邊的朋友似乎都覺得我認真又聽話。

不可思議的是，當周圍的人都這麼看待你的時候，你的言行會變得非符合大家的期待不可。在孩童的想法中，尤其是我這種單純的腦袋，也覺得這是理所當然，力行不輟。當時我總是隨時隨地繃緊神經，小心翼翼地注意不要惹禍，不要引起老師的注意。

但地球終究是圓的，世上沒有哪個地方是真正的角落。有一天，情勢逼我不得不站到教室的正中央。

當時我就讀小學四年級。我們班負責照顧學校養的雞，不過，美其名是照顧，其實只是每天傍晚餵飼料，以及每週打掃一次雞舍，這種簡單的工作而已。只有一件事很麻煩，就是假日也得去學校餵雞。

全班分成六組輪流，每週一組負責照顧雞。大家都覺得雞太臭，總是心不甘情不願的。雞舍裡到處都是雞糞，女生根本不願意踏進去一步，基本上都是男生在照顧雞，從雞舍回來，女生還會說「臭死了，拜託別靠過來」這種話。

我非常認真地做這份工作。一方面，我本來就喜歡小動物，再者我也沒辦法違背老師的期望。我盡責地照顧這些雞，漸漸發現自己打從內心疼愛牠們，我甚至敢說，班上沒人比我用心照顧剛出生的小雞。其實，半數以上的同學，連生了小雞都沒發現。

那天，打掃雞舍的工作又落到我頭上。本來應該是我們這組所有人一起負責，但大家一下課便悄悄溜回家，打掃雞舍就是如此讓人避之唯恐不及的苦差事。遇上這種情況，疼愛小雞的我也忍不住想哭。不過，不是全部的人都逃回家，有一個人留下來和我一起打掃，他就是木園淳男。

木園和我是那年才編進同一班。他戴著黑框眼鏡，一口暴牙，矮個子。「這傢伙根本就是美國人想像中的典型日本人嘛。」這個感想當然是藏在心裡，我真的非常感激他幫忙打掃雞舍。之前我們幾乎沒說過什麼話，印象中只借他抄過一次作業。

事情就發生在木園離開去拿水管，準備刷洗地上雞糞的時候。我那麼疼愛的小雞，居然被我不小心踩死了，簡直是晴天霹靂。我拾起已無呼吸的小雞，完全不知道該怎麼辦，於是把小雞塞進口袋。

木園回來，看到我的臉色鐵青，問我發生什麼事。當時是怎麼回答他的，我毫無記憶。迷迷糊糊地打掃完畢，回報級任老師後，我坐在教室裡，自己的書包前面。該不會一切都是夢吧？我把手伸進口袋探了探，渾身冰冷的小雞確實躺在裡面，我沮喪極了。

木園也回家了，教室裡只剩我一個倉皇無助的小學生。

當時，心底冒出一個聲音，那是平常不會顯露的狡猾的我。

「丟掉吧。把牠丟到下水道，就不會有人知曉。」

我居住的鎮上，地底下布滿石頭砌成的古代水渠。水渠非常寬闊，連大人都能在裡面直立行走。現在水渠已不復使用，成為宛如蟻穴的地下隧道。據說很有歷史價值，先前進行過內部實地調查。雖然在我上小學時已中止，之後我還聽過某些道路施工，不小心挖到水渠的事。不過，知道地下水渠入口的人都已離世，也沒留下相關紀錄。既然做過實地調查，入口肯定就在鎮裡的某處，可是，儘管曉得有這樣的水渠存在，卻幾乎沒人親眼見過，只是將連入口都找不到的地下巨大水渠，通稱為「下水道」而已。

我撕下作業簿的最後一頁，把小雞仔細地包起來。冷靜想想，下水道和排水溝根本不可能相通，但當時的我無法做出這樣的判斷。將包著小雞的紙團緊塞進洗手區的排水溝之後，我飛奔回家。一路上，我完全不敢停下來，也不敢回頭，龐大的恐懼朝我襲來。

隔天我想請假不要上學，但我連裝病蹺課的勇氣都沒有。拖著沉重的腳步走進教室，小雞連同作業簿上撕下的那張紙已被發現。一動也不動的小雞旁邊，圍滿班上同學，一群人鬧烘烘的。

我盡可能維持鎮定。

「太過分了，到底是誰幹的？聽說小雞被塞在洗手台那邊。」同學們刻意發出的驚嘆聲此起彼落。接著，班上的風雲人物、一個體育全能的男生站出來說：「我們一起把凶手揪出來吧。」這句話煽得同學們情緒更加激昂，我不禁暗暗打了個冷顫。

同學們先是列出一串平日生活習慣不佳的嫌犯名單，到後來，大家一致認為凶手不是我就是木園。因為昨天放學後留下來照顧雞的，就是我們兩個。

有人說：「耕平不可能殺死小雞。」大家一直以為我老實又乖巧，相反的，木園淳男卻沒給人什麼好印象。因為他永遠頂著一頭亂髮來上課，運動服好幾個月不帶回家洗，身上總有股臭味，加上功課不好，運動也不在行。整間教室的緝凶氣氛，幾乎已判決殺死小雞、棄屍水溝的人，就是木園。

「淳男，凶手就是你吧！」一個女生率先開了口。

她的話聲剛落，所有人便紛紛攻擊淳男：「太過分了！小雞好可憐！」有的女生甚至開始掉淚，哀悼小雞的死亡。在這種氣氛下，我當然不可能跳出來承認，小雞是我殺死的。只是，雖然和木園不熟，他的悽慘處境仍令我良心不安。

就在全班激動成一團的時候，木園淳男搔了搔頭說：

「大家明明平常連一步都不想踏進雞舍，現在卻都一副愛護小動物的樣子。」

後來，有個稍微冷靜一點的同學站出來，木園淳男才因證據不足免遭公開處刑。不過，我們兩個被導師叫進辦公室，說明事情的經過。

前往辦公室的途中，他直截了當地問：

「耕平，是你幹的吧？」

「你、你不要亂說……」

「上次你不是借我抄過作業嗎？那張包著小雞的紙，和你的作業簿內頁很像，連底線的顏色都一樣。」

「不能因此就認定是我啊！」

「那你作業簿借我看，確認是不是有撕下內頁的痕跡。」

我放棄狡辯，一五一十地告訴木園。意外的是，我居然沒邊講邊哭出來。從頭到尾木園聽我說話的神情，就像在聽之前看過的電視節目的說明，既不悲傷，也沒生氣，甚至露出有點嫌無趣的表情。

我答應他，等一下會在老師面前認罪。其實我心裡的盤算是，反正他回去班上一定會到處講，還不如自己先認罪，或許處罰會輕一點。只要說出實情，老師肯定會原諒我。在小學生的眼中，老師就是成熟的大人。

「木園淳男，是你殺死小雞的吧？你怎麼做得出這種事情！」

一走進辦公室，導師三田就厲聲指責木園。三田是很受學生愛戴，也很愛小動物的女老師。

三田的說法如下。昨天留到最後照顧雞的，只有我和木園淳男，而我是個認真又愛護動物的小孩，絕對不可能殺死小雞，所以凶手就是木園淳男。這和班上同學的推測一模一樣，一個老師居然只說得出和小四生一樣的話，當時仍是少年的我，感到十分震驚。

「耕平不可能殺死小雞啊！淳男，你快跟老師說實話！」

我不可能殺死小雞。三田這句話，把原本打算自首的我逼上窮途末路，我一個字也說不出來，全身顫抖著杵在原地。

「不是我幹的。」

木園斬釘截鐵地否定老師的話。我以為他直接開口，是等了那麼久還不見我認錯的關係。沒想到，他居然接著說：

「當然也不是耕平幹的。」

「咦？」

三田和我都嚇一大跳。木園說，他昨天離開學校的時候，看到有個人影走進雞舍。

「那不是耕平。八成是那個人殺死小雞，然後丟到排水溝。」

我馬上明白耕平向老師撒謊是為了掩護我。我長到十歲，第一次遇到這麼棒的人！我內心充滿對他的感謝。

「是嗎？但還是很難相信……」

「我也看見了，一定……是那個人！」

聽到我也這麼說，老師似乎相信了，於是向我們詢問凶手的特徵。我和木園當然沒見過這號人物，所以想到什麼說什麼，胡亂回答一通。

那個人頭髮很短，穿著白色毛衣、及膝短褲，身高和我們差不多。

「嗯，是你們認識的人嗎？知不知道是哪一班的學生？」

「應該不是我們學校的學生，滿常在我家附近看到的。」

「叫什麼名字呢？」

回答老師的是木園。

「要是我記得沒錯，應該是『小初』。嗯，是個女生。」

殺死小雞的凶手竟然是女生！這個令人震驚的真相，在校園裡鬧得沸沸揚揚。雖然根本不是什麼真相，只是我和木園編出來的謊話，但誰也不曉得內情。

況且，不管真相是什麼，這個事件本身已足以激起當時的小學生的好奇心。最不可思議的是，殺死小雞的不是男生，而是女生，凶手小初還一直沒落網（這是當然的）。謎團愈滾愈大，學校裡甚至出現各種說法。有人說小初其實是吸血鬼，殺死小雞是為了要吸小雞的血，於是，小初突然變成一個長著獠牙的人。

由於我和木園是目擊證人，一開始大家總圍著我們問東問西，但只要是班上或是高年級的同學問到小初的事，我們都必須再三澄清她並沒有傳說中的獠牙。雖然小初不過是個虛構的人物，有沒有獠牙其實無所謂，可是在我們心中，總覺得「唔，長獠牙好像怪怪的」。

後來，開始有幾個人自稱見過小初。在他們的口中，小初永遠是壞事做盡的小孩，像是跑進別人家的院子打破盆栽、在車子上亂塗鴉、教唆別人順手牽羊之類的。

不管是在車子上塗鴉或是打破盆栽，當然都不可能是小初幹的，想必是某個小孩做了壞事怕被大人責罵，才賴給小初。跟當初我所做的事一樣。

不過，隨著謠言愈來愈多，小初的惡名遠播。不光是我們學校，整個學區的大人都聽過小初的傳聞。學校的老師和家長都拚命想找出名叫小初的女孩，始終沒人成功。

「要是真的有人名叫『小初』就慘了。」

木園拍著胸口，一副慶幸的模樣，我自然地接話：「一點也沒錯！」不知不覺間，我們已成為默契十足的死黨。

出現「小初」這號人物的一個月之後，學校恢復往常的平靜，大家漸漸淡忘我和木園的目擊者身分。我們終於能再度回到班上不起眼的一群裡。

然而，有關小初的謠言並未消失，常會聽到小初在什麼地方做了什麼壞事，這次又做了什麼之類的。換句話說，小初這個壞女孩的存在，對一些做了壞事想要嫁禍給別人的孩童來說，簡直是最好的掩護。

沒多久，暑假到來。此時不玩更待何時？於是我每天都懶散度日，躺在電視機前看卡通、做做模型、望著塑膠怪獸發呆，然後耳邊就會響起媽媽的嘮叨聲。這種時候，我會跨上腳踏車，朝木園家飛奔而去。

木園家非常大、非常漂亮，飄散著一股香味。他的媽媽長得很美，跟我媽簡直差了十萬八千里。木園的房間裡掛著許多照片，全是他拍的，連小貓的照片都有，我羨慕不已。

我和木園都是獨生子，但他的零用錢比我多，生活水準也比我高。我好怨自己什麼都比不上他，很想找出一件贏過他的事。

「你有養寵物嗎？」

「以前養過貓，不過死了。」

當時家裡有養狗，我暗自竊喜：贏了！雖然只是小勝。

就在暑假的某一天午後，我們騎腳踏車到河邊，眺望悠悠河水。

我們住的小鎮腹地相當廣大，是個歷史悠久的小鎮。因為常下雨的關係，河川也特別多，現在雖然河邊都蓋了水泥護堤等防洪設施，不過據說在距離我們出生很久很久以前的江戶時代，鎮上時常河水氾濫。

有人說，地底下的古代下水道就是為了預防河水氾濫而建造，卻無法求證。沒人知曉下水道究竟是什麼人、為了什麼目的建造。有人認為是鎮上人口愈來愈多，為了處理污水而蓋的，我記得以前在鄉土教學的課程裡讀過相關的說法。

不過，對小學生來說，當初蓋下水道的理由是什麼都無所謂，我們感興趣的是關於下水道的恐怖傳聞。像是地底下真的存在這個古代下水道，曾有住在哪裡的某人，偶然發現下水道的入口，走進去卻迷了路，沒活著出來。這個下水道入口，應該真的存在於鎮上的某個角落，但不可思議地，從沒聽說有誰看過。然而，我們找到了。

那天，我們眺望著河水，聊起小初的事。

「小初對下水道非常熟悉，當然也曉得入口在哪裡，整個下水道的地圖都在她的腦袋裡，就算裡頭一片漆黑也不會迷路。下水道形同小初的祕密基地。」

發展到後來，小初的性格絕大部分都是我們虛構出來的。起先只是無聊用來打發時間，不知不覺間，我們認真描繪出「小初」這個人物。

「小初連冬天都穿著短褲。」

「不過上身會穿羊毛毛衣，上面布滿毛球。因為她用袖子擦鼻涕，袖口都乾乾硬硬的。」

「她的性格會這麼扭曲，都是生長環境的關係。她的家境一定很不好。」

我們還想出許多其他的設定，比如小初是一月一日出生，總是嚼著藍莓口味的口香糖，跟我們同年之類的。想像中的小初，在我們的心裡愈來愈具體化。

「小初喜歡棒球，老是戴著棒球帽。」我試著這麼設定，沒想到竟然驚人地貼近想像中的小初形象，一直盤旋在我的腦海揮之不去。

我想把這個設定告訴木園，他卻不知道跑去哪裡。我張望四周，看到他沿著河邊的路往下游走。我大聲喊他回來，他頭也不回地說「等一下」就繼續前進。我擔心地追上去，才發現他在追一個被河水沖走的紙箱。

紙箱漂流了大約五十公尺之後，卡在一座橋的橋墩下。橋本身不大，倒是滿寬的，四周很荒涼，不像有人的蹤影，滿是雜亂的野草。

我們決定下到橋墩那邊。通往橋下的階梯幾乎被雜草掩沒，難以辨識。我不明白為什麼木園堅持要到橋下去，只曉得他似乎對剛才那個紙箱很感興趣。我覺得十分不可思議，當時沒來得及問他，直到我們上了高中，這個謎才解開。

橋下有一塊水泥地，我們在那裡打開紙箱，一探究竟。打開紙箱的時候，木園的手抖個不停，大概是期待看到什麼可怕的東西吧。最後，他吁了口氣，擦了擦額頭上的汗水。紙箱裡什麼也沒有。

我心想，換成是小初，一定會失望地說：「害我以為裡面裝了屍體之類的！」

「我以為裡面裝了屍體之類的……」木園喃喃低語，「我剛剛在想，換成是小初，一定會失望地這麼說吧。」

我心裡有點毛毛的，再次看了看四周。雖然時間還早，橋的下方卻很昏暗。或許是靠近水邊的關係，即使正值夏季，仍十分陰涼。

橋正下方的水泥牆上，裂開一個半圓形的大洞，我們走了進去。這個洞似乎極深，遠處一片漆黑，什麼也看不見。走沒幾步，我們便折返。

沒多久，我們意識到，這就是傳聞中的下水道入口。

就這樣，我們沒花什麼力氣，就在橋下找到下水道的入口。我們沒告訴任何人，這是我們的祕密基地。

之後，只要出門遊玩，我都會先到附近的雜貨店買一些零食，自然地朝橋的方向走去。通常我到的時候，木園已在橋下。他躺著舉起一隻手，朝我揮一揮，說聲：「喲，你來啦。」一整個夏天，我們幾乎都是如此度過。

當然，我們也曾進去下水道。裡頭一片漆黑，用手電筒一照才發現空間比想像中寬，而且頗高，幾個大人並肩走應該沒問題。半圓形的隧道筆直地往鎮上的鬧區方向延伸，如同老師在鄉土教學課堂上說過的一樣，牆面由無數的石塊堆砌而成，斑斑駁駁地古意盎然，教人不禁佩服居然完整地保存到現在。

下水道裡十分涼爽，一發出什麼聲音，就會傳來嗡嗡嗡的回聲。地上覆著一層乾乾細細的沙，還有一些垃圾散落。

「河的水位上漲的時候，水從入口灌進來，下水道當然會積水。這些垃圾一定是那時候一併被沖進來的。」木園說。

我們鎮上常下雨，河的水位動不動就上漲。

往前走了一陣子，出現左右兩條岔路。我們回過頭，剛剛的入口已變成一個小光點，離得很遠。

「以前的人居然蓋得出這樣的下水道，真厲害。」

我才剛感嘆完，木園馬上吐出長篇大論：「聽說巴黎有總長兩千公里的地下水道，而且是一百多年前就蓋好的，相較之下，這只能算是螞蟻穴吧。何況，沒有證據能證明這是處理廢水用的隧道，所以大家搞不好都叫錯了，根本不是『下水道』。」

這個人為什麼不能坦率地表達內心的感動呢？學校課業明明那麼差，沒什麼用處的雜學倒是懂得不少。

我們決定調頭返回入口，身上的裝備不足以讓我們在隧道裡自由走動。我們判斷時機尚未成熟，當時身上只有手電筒，又有岔路，萬一迷路太危險了。這些話誰也沒說出口，便達成共識。要是小初在場，大概會罵我們「膽小鬼」

吧，不過這也是無可奈何。

我們開始往回走。我的腦中一直傳來「膽小鬼！」的聲音，那是我幻想過無數次的小初的聲音。當然，只是幻聽。由於我一直想著要是小初在場就會這樣取笑我們，才會覺得聽見她的聲音。雖然這個聲音也被下水道的石壁反彈，發出嗡嗡嗡的回聲，一定也是幻聽的一部分。

「妳閉嘴啦。」

我和木園突然同時喊出聲。看來，木園和我一樣，聽到小初的聲音了。

「哈哈，其實你們很害怕吧。」一直以來不斷在想像中描繪的聲音又出現了。

「這樣亂走一通只會迷路而已。我們想先擬定戰略，再來攻破這條下水道。」雖然不知道有沒有義務回答自己的幻聽，我仍如此應道。

「那就包在我身上吧。我很熟悉這裡，閉著眼睛也不會迷路。」

入口處的小光點漸漸變大，我們終於走到外面。原本以為橋下還是一樣昏暗，意外刺眼的光線，讓我們不禁瞇細了眼。

我回頭望向隧道深處。那一瞬間，我看見自己在腦中描繪的小初。她穿著破破爛爛的球鞋，膝蓋上貼著ＯＫ繃，兩隻手插在短褲口袋裡，咧嘴對我笑，短短的頭髮上戴著棒球帽。她的外表跟我和木園想像的一模一樣，而且她就在下水道裡。小初揮揮手，對我們說了聲「掰掰」，便消失在隧道深處。

我思考了一下，剛剛並不是真的看到小初，而是以為看到她了吧。由於我太頻繁、太仔細地在腦中描繪著她的模樣，才會以為真的看到她。這就是所謂的幻覺吧。

然而，木園卻說：

「剛才我好像看到小初，她戴著棒球帽……」

可是我還沒告訴木園，想像中的小初戴著棒球帽。不知情的木園竟看見棒球帽，相當不可思議。

我們看到小初的身影，僅止於那麼一次，之後頂多三不五時會聽見她的聲音。不過，說是聲音，其實是幻聽吧。這個幻聽一直緊緊跟在我和木園的身邊。

有一天，我和木園去雜貨店。小初也跟我們一起。

當然，她不是真的站在我們的身邊，而是出現在我們的腦袋裡。

我的腦袋裡，能夠明確地想像出，這種時候小初在場會說什麼。我非常明確，而且鉅細靡遺地勾勒著，好比她的聲音是這樣、發音又是這樣。愈是經常描繪，愈覺得真的是小初在說話，到後來漸漸連自己都分不清到底是想像，還是小初真的住在我的腦袋裡。

這種情況同時發生在木園的身上。小初也在他的腦袋裡說話，他愈來愈沒把握那到底是不是自己在說話了。

除了我們以外，沒人聽得見小初的聲音。我和木園總是很湊巧地在同一個時間點，聽到小初說出同樣的話。

只要屏氣凝神，似乎就能看到小初的身影，真實的程度幾乎可伸手觸及。她的手摸起來一定很溫暖，而且充滿能量吧。

「最近常聽說那個叫小初的孩子，又偷了人家的東西。」

雜貨店的老婆婆喃喃說著。她的嗓音沙啞，整張臉都是皺紋，都快分不清眼睛和嘴巴在哪裡了。老婆婆成天坐在店裡最深處的角落，她的眼睛似乎快瞎了。

「是啊。真是的，怎麼能不付錢呢……」

木園剛說完，背後馬上傳來小初的聲音。當然不是小初真的站在後面，只是聲音從背後傳來罷了。

「你很囉唆耶，我只是沒錢，所以沒辦法付錢而已。」

那樣的話，就不是「沒辦法付錢」，而是根本「不打算付錢」吧？但我只敢在心裡嘀咕，什麼也沒說。沒想到，小初馬上犀利地問：

「耕平，你剛剛是不是想說什麼？」

我們買了一些東西，付錢給雜貨店老婆婆的時候，她看了看店門口說：

「那個小妹妹不買點什麼嗎？」

「嗯？」小初的聲音從店門口傳來，聽上去非常驚訝。可是，我什麼也沒看見。

「咦，奇怪了，我剛才明明看見一個小妹妹站在門口，這下不是沒瞧見半個人嘛。人老了真是不中用，眼睛也迷糊了。」

暑假即將結束，學校的暑假作業已全部做完。我們開始一點一點地製作下水道的地圖。

我把鎮上的地圖和指南針放進登山背包，並帶一些零食以備不時之需。鎮上的地圖和指南針應該派不上用場，總之我想營造出像樣的氣氛。我還買了新的手電筒，帥氣的黑色圓筒造型，是我專用的。

雖然還不到進去就會迷路的地步，但下水道有很多岔路，滿複雜的。那天幸好我們中途調頭，要是沒先擬定周詳的作戰策略，會找不到路出來。

具體的作戰計畫如下：由我打前鋒擇路前進，木園緊跟在後。每轉過一個彎，我會重新計算步數，到下一個轉彎處，便將這段路程的總步數告知木園。木園依照我告知的總步數，在方格紙上拉出等比例的線。換句話說，木園畫下來的那些線，就是我們走過的路。如果我挑的路徑東拐西彎，方格紙上的線就會是曲曲折折的。這次我沒選到的岔路，就在方格紙上做個記號，改日再進行探勘。

此外，每次遇上轉彎的時候，我們會用油性簽字筆在下水道的牆壁上做記號，以箭頭標示我們從哪裡來、要往哪裡去。所以，我們的口袋裡隨時備有油性簽字筆。

最後，只要用我的步幅計算出整個下水道內部路線的實際長度，地圖就完成了。負責構思這個計畫的人是木園，而負責搗亂的人則是小初。

每次我認真數著步數的時候，小初就在旁邊念一些不相關的數字（因為旁邊傳來嬉鬧的幻聽）擾亂我，害我好幾次都搞不清楚自己數到哪裡，只好隨便跟木園說一個差不多的數字蒙混過去。當然，木園也聽得到小初的聲音，只是他應該沒想到我居然真的會被小初干擾吧。頭戴探照燈的木園始終盯著手上的方格紙。

在照亮前路的手電筒光線中，下水道彷彿沒有盡頭。

「要做地圖交給我就好啦，這裡就跟我家院子一樣。」

「妳講的話能信才怪！」

一說完，我便感覺到小初賭氣不出聲了。不，這種感受也是腦袋製造出的幻覺。更令我在意的是，下水道裡響起的腳步聲。怎會聽到三個人的腳步聲？隧道裡只有我和木園，但聽起來應該有三個人。

繼續走了一陣子，前方突然出現一道光芒。那是從頂端直射地面的光柱。一路上都是漆黑一片，下水道裡冒出的這道光，讓我興奮不已。我馬上轉頭，想把這件事告訴一直專注在方格紙上的木園。

「前方發現光亮！」

通報者卻是小初。木園猛然抬起頭，證明不只是我，他也同時聽見小初的聲音。話說回來，這麼重要的台詞被小初搶走，我有點不甘心。

那道光來自隧道上方一個方形小洞。抬頭一看，洞裡嵌有鐵製的格狀蓋子，可望見天空。外頭隱約傳來車輛的聲音，我們很快明白那是路邊隨處可見的水溝蓋，於是低頭看了看，地面上果然有雨水滴落的痕跡。

「小初，這是鎮上的哪裡？」木園在方格紙畫上記號，一邊問小初。

「不知道，我不曾從蓋子那邊往外看。不過下水道內，像這樣的地點就只有這裡。」

不曉得幻聽說的話有多少可信度，不過我們決定爬上去看個究竟。於是，木園跨上我的肩膀。

「沒辦法，完全看不出來。而且，我根本搆不到上面。」

死心的木園，用鞋尖在地上寫起字。地面留下歪七扭八的「淳男」兩個字。

暑假結束，開學了。

朝會時，校長提起小初的事情，看來，小初的惡名在暑假期間已傳到隔壁學區。這未免太驚人了吧，連始作俑者的我都沒想到，竟會發展到這種地步。對當時的我來說，其他學區就像異國般陌生。

說到校長，他非常不受學生歡迎，開口閉口都是自己最喜歡的釣魚軼事，脾氣又差。曾有一班放學時忘了關教室的日光燈，他就罰學生跪坐一整天，而且是全班都跪，導師不敢多說什麼，只是很沒用地在一旁坐立不安。所有人都怕校長。

九月的第一個星期六，放學之後，又是我和木園留下來照顧學校的雞。那天只要餵雞就好，我們一下就做完了。

結束後，我們鎖上雞舍，準備回家的時候，看到校長跪在他的車子旁邊不曉得在做什麼。我們不想自找麻煩，決定遠遠地觀察情況。只見校長脹紅著臉，大吼「可惡」，狠狠踹了花圃一腳，可能是車子爆胎了吧。接著，校長起身不知道去了哪裡。

我們立刻跑到車子旁邊。校長的車子爆胎，害他氣得要命，簡直太令人興奮了。然而，車子根本沒爆胎。

「我的天啊！耕平，快看那裡！」

木園和校長一樣跪在地上，他指著柏油路面的一個水溝蓋。正值中午，太陽剛好在頭頂上，把水溝蓋的下方照得清清楚楚，校長的錢包竟然掉在裡面。換句話說，校長打算從口袋掏出車鑰匙的時候，錢包被拉了出來，運氣很差地鑽過水溝蓋的格子孔，掉了下去。想必就是這麼回事吧。

「裡面不曉得有多少錢！」

「要笨啊，誰跟你講錢包。你看右邊！」

這下我終於懂了。錢包的右邊地上寫著「淳男」兩個字。那是木園的名字。

過了一會，校長拿著一支長柄掃帚回來。他用掃帚的柄撈錢包還是撈不起來，水溝蓋也沒辦法拆下。

最後校長似乎放棄了，留下錢包離去。

我們互望一眼，心裡想著同一件事。

向三田老師回報雞都餵好了之後，我們飛奔回家。我把油性簽字筆放進口袋，抓了手電筒就跳上腳踏車，直衝橋下。前陣子我都會在登山背包裡放一些備用品帶著，但既然已習慣進出下水道，應該不需要再帶那些東西了吧。

到了橋下，木園已在下水道入口等著我。他拿著我們製作中的地圖。

「我們應該到得了錢包掉落的地方吧？」

「當然，我們走吧……咦，頭燈怎麼不亮了？」

木園搖了搖他的探照頭燈，拍了幾下，還是不亮。大概是沒電了吧。

「沒關係，還有我的手電筒。我們趕快出發。」

於是，藉著我這支手電筒的光線，我們朝著校長的錢包前進。這時的心情完全是找到錢包的狀態，我不禁想像起拿到這麼多錢該怎麼花才好，一定有很多張萬圓鈔票吧。至於把撿到的錢包還回去的念頭，壓根也沒有。

那個時候，還在製作中的地圖已變得相當龐大。原本以為畫在一張方格紙上就夠了，但目前已陸續拼接十多張紙，全部畫完的那一天似乎仍遙遙無期。下水道竟超乎想像的大，而且是錯綜複雜的立體構造，負責繪製地圖的木園傷透了腦筋。

此外，由於進出下水道太多次，我們逐漸習慣在下水道裡走動，反正有地圖就找得到出口。既然認為不會迷路，當初踏進下水道的那種警戒心和危機感，不知不覺間也慢慢變弱。

「好！轉過下一個彎，就能看到錢包！」

木園喘著氣激動地說，我握著手電筒的手也不停顫抖。對當時的我們來說，一千圓已是巨額，想買什麼都可以，更別提那還是校長的錢包。我們興奮到極點，只剩下最後一次轉彎了。

從頂端灑下的太陽光柱應該要出現在眼前，卻什麼也沒有。跟剛才走過來的路一樣，只有漆黑的隧道不斷向前延伸。

「怎會這樣？是下一個轉彎處才對嗎？」

還是不對。下一個轉彎、再下一個轉彎都不對，而且在岔路口的牆壁上，也沒看到先前用油性簽字筆畫下的記號。我們終於明白為什麼到不了目的地，因為地圖是錯的。在這之前，我們的探險路線都只是順著來時路往回走，重複這樣單純的方法，所以完全沒發現地圖其實一直是錯的。

木園突然把地圖朝我一扔。

「耕平，都是你數錯步數啦！你這個笨蛋，連這麼簡單的工作都做不好嗎？」

木園脹紅著臉，扯住我的衣服用力搖晃。意外的發展害我也慌了手腳。

「是你自己畫錯地圖吧？都要怪你，這下我們找不到錢包啦！」

我們吵架了。就在吵到不可開交的當頭，我的手電筒不小心掉到地上，我們不得不暫時休兵。在一片漆黑中根本無法吵架，只會想到外面亮一點的地方再吵。不過，其實我很怕黑，只好在木園面前勉強裝出不在乎的樣子。

「我並不是氣找不到錢包，只是沒想到我們做了那麼久的地圖，居然是錯的……唉……」

木園彎下腰，把掉落的地圖撿起來，我也趕緊把剛才扭打成一團時掉落的手電筒撿起來。但我手指上的傷還沒好，一個沒拿穩，手電筒竟往前滾了過去。

「原來這裡是斜坡……」木園說。

我慌忙撿回手電筒。這是唯一的光源，要是弄丟，我們真的會被拋棄在伸手不見五指的黑暗中。

接著，我們沿手電筒剛才滾動的方向前進。這和來時的方向相反，但木園一直悶不吭聲地走，我只能跟在他後面。我擔心地問：「走這邊對嗎？」木園回答：「反正早就不知道在地圖上的哪個位置了。」於是，我們在彷彿無盡延伸的下水道裡迷路了。

每當遇到岔路，我們就把手電筒放到地上，選擇手電筒滾落的下坡路走。雖然是感覺不大出來的平緩坡度，但我們走了很久，彷彿已下到地底深處。

終於，我們到達下水道的最底層。不，其實不應該說是最底層，下水道仍向下延伸，卻因為積水無法繼續前進。先前雖然遇過好幾次隧道崩塌，導致無法前進的狀況，但在裡面看到水，這還是第一次。

此處看起來像是很大的隧道，比之前寬很多，而且從這裡開始坡度急遽變陡。

我猜想，上面的通道全都匯整到這裡了。如同小河匯入大河，所有的岔路最終就是匯聚到這個地方吧。

這條巨大的隧道半途就開始積水。由於地面是斜的，愈往低處積水愈多，最後整個下水道的前方都淹沒在水裡。

我用手電筒照了一下四周，這裡就像個地底湖，非常安靜，一點聲音都沒有。因為沒有風，水面也波紋不起，簡直就是一灘死水。手電筒的光照在水面上，看起來像甲蟲的背一樣黑黑亮亮的，我不禁寒毛直豎，怕得要命。所謂的世界盡頭，應該就是這樣的情景吧。

從腳邊稍微過去一點的地上有個空罐。連這種地方都有空罐？實在不可思議。

「這應該是河水吧。大雨一下，河的水位就會上漲，淹過下水道的入口，流進下水道。一直往下流，最後就匯集到這個地方，所以丟進河裡的垃圾也一起被沖了進來。當初這個下水道，似乎真的是為了預防河水氾濫而蓋的，想必是用來充當暫時儲水的地方吧。」

我們從口袋裡拿出油性簽字筆，在牆壁上分別寫上自己的名字「管耕平」和「木園淳男」。由於我們吵架還沒和好，名字之間隔了點空隙。

然而，怎樣才能走出下水道呢？木園提議：「我們剛才都挑下坡路才會走到這裡，只要選擇上坡一路往回走，就能夠回到橋下的入口吧。」

然而，走到第一個岔路，這個作戰計畫就失敗了。跟我們的推論恰恰相反，下水道並不是從橋下的入口一路分岔來到這個湖，而是像樹幹的分枝，上面所有的小通道都是從最底層的巨大隧道分支出去。所以，除了那些崩塌無法前進的小通道無法確認，地面上一定還有更多出入口，而不是只有我們熟悉的橋下的那一個。從最底層的大通道往上走，會遇上非常多的岔路可選擇，而且每條都是上坡路，還不保證會連到橋下那個入口。

即便如此，我們仍不停往上走，一心只想離開下水道。如果一直走，說不定就會發現牆上的油性簽字筆記號，也就是在岔路口標明我們是從哪條路來、往哪條路去的箭頭，然後逆著箭頭的方向走，就能返回入口。發現一個箭頭就好，只要一個就好，我們在每個經過的岔路口找尋記號。不過，期盼終究化為泡影。

手電筒的光慢慢變弱，終於不亮了。電池沒電了。我拚命試著切換手電筒的開關，還是不亮。四周陷入漆黑，什麼都看不見。

出門前，我想著應該不需要裝有備用品的登山背包，豈料真的在下水道裡迷路。加上木園的探照頭燈早就沒電，我們身上已沒有任何可用的電池。

即使如此，我們依然摸黑繼續往前走。雖然現在只是休戰，我們還在生對方的氣，但實在不想走散，於是緊緊拉著手。在伸手不見五指的狀態下，我們只能約略抓個方向，不停往上走。

走了很久很久，體力已到極限。我們席地坐下，黑暗中只聽得到彼此的呼吸聲。

事情發展至此，我有生以來第一次認真覺得自己快死了。

我們太天真了。下水道之大，根本不是我們能夠想像的，還以為在黑暗中隨便走走，就能回到最初的入口。腦袋裡有下水道完整的地圖、即使在黑暗中也能毫不遲疑地找出正確的路，這樣的人，我們只想得到一個。然而，即使那傢伙跟我們在一起，應該也派不上用場。因為那是個只有聲音的人，要把兩個累癱的人帶到外面去，只有聲音是辦不到的。

我們應該會死在裡面吧，兩人都累到站不起來了。

好一段時間全身動彈不得，加上實在太累，我開始想睡了。下水道裡黑幽幽的，溫度又剛好助眠，我的意識逐漸模糊。

就在這個時候，突然有人抓住我的右手，用力把我從地上拉起來，然後一直拉著我往前走。我睡眼惺忪，心想大概是木園恢復體力，帶著我往外走吧。

「耕平？耕平，是你嗎？」我聽到木園的聲音，「是你拉著我的手嗎？」

「沒有啊，不是淳男你拉著我往前走嗎？」

霎時，我的睡意全消。如果拉著我的不是木園的手，黑暗中還會有誰在呢？

傳來一陣竊笑。我心想，騙人的吧。

只要再走幾步就好，看得到外面的光線了，隱約聽得見電車經過的聲音。真是的，還是來救我們了嘛。

「你們跑去那裡做什麼？」

外面的空氣實在太新鮮了。雖然天色已暗，仍看得見小初就站在我們的面前。她一副很樂的樣子。

是她拉著我和木園離開下水道。

「都怪妳，要不是妳在旁邊搗亂，我也不會數錯步數。」

「對，是小初的錯，都要怪小初啦。」

「那當然啊，不怪我怪誰？」她交抱雙臂應道。

我看了看自己的右手，剛才被那麼用力扯住，都瘀青了。

之後過了幾天，聽說校長用釣鉤和釣線把錢包拉上來了。本來應該是我們能得手的錢財，真是可惜。

當時我偷偷想過，小初的事情究竟是怎麼一回事。小初是我們虛構出來的人物，自然是不存在的。可是，我們卻看得見她、聽得見她，甚至摸得到她。

講實際一點，小初不過是幻覺，而且是只有我和木園看得到的一個非常特殊的幻覺。

舉例來說，曾發生這麼一件事。

我們和小初剛結交沒多久，有一天放學後，我和木園一起走出校園。正值放學時間，到處都是學生。突然間，從我們背後傳來非常有精神的叫聲：

「喂，耕平、淳男！」

那聲音大到連小鳥都會嚇得從天上掉下來。我和木園嚇了一跳，回頭一看，小初在對著我們揮手。

然而，對她的聲音有反應的只有我們，其他人若無其事地繼續走著。實際上，我們周遭的世界也沒發生什麼事，證據就是停在電線上的麻雀仍好好的、絲毫沒有受到驚嚇的樣子。

換句話說，這個世上看得到小初、聽得到小初聲音的，只有我和木園。不過，小初本來就是我們的幻覺，這也是理所當然。

到了冬天，雜貨店的老婆婆去世，我們決定去偷店裡的東西。提議的人自然是小初。

「聽說那家雜貨店要關了。是真的喔，我聽我奶奶說的。既然要關店，我們去拿一些剩下的零食也沒關係吧。」

小初住在隔壁鎮，但每個週末都會到奶奶家玩。因為她是奶奶帶大的，週末都會在奶奶家度過。由於離我家很近，我們都是趁週末一起出來玩。

這些設定，全是我和木園在好幾個月前編出來的，不過我們並不曉得小初的奶奶家確切的位置，只是設定在我家附近而已。所以，每到晚餐時間，大家分別回家之後，小初究竟去了哪裡？我們都覺得很不可思議。

總之，我們受到小初的慫恿，一同潛進雜貨店打劫了。

根據小初的提議，我們當天晚上便行動。到了半夜，我偷偷從家裡溜出來，在距離雜貨店有段路的地方集合。那是一個吹著冷風的冬夜。

第一個到的是我，接著是小初。她不知何時偷偷靠近我的背後，突然把冰冷的手貼在我的後頸上，我忍不住大叫，正要罵她，她笑著連聲說「不要生氣嘛」，嘴裡吐著白色的熱氣。

她穿著起毛球的毛衣和及膝短褲，耳朵和鼻子紅通通的。

等待木園出現的期間，我和小初緊緊靠著互相取暖。那天她和平常一樣嚼著藍莓口香糖，氣息聞起來甜甜的。這味道當然也是我的幻覺。

順帶一提，小初剛剛放在我後頸上的手，是真的讓我覺得冰冷，但那只是我的錯覺。她吐出白色的熱氣是幻覺、被街燈照出的影子也是幻覺，她其實是不存在的，那裡一個人也沒有，只不過是我的五個感官一致贊成小初的存在而已。我的眼睛、耳朵和鼻子同時搞錯而看見小初這個幻覺，那麼，小初不就等同存在了嗎？事實上，和小初靠在一起時，我的確忘了寒冷，身體也漸漸變暖，雖然這應該也只是錯覺。

和木園會合之後，我們三人潛進雜貨店裡。雜貨店的老婆婆平常是獨居，兒子和媳婦住在附近。因此，那個晚上溜進老婆婆不在的店內的時候，沒有受到任何阻礙。

後來離開時，我們的雙手捧著滿滿的零食和玩具。

只不過，小初從頭到尾都在一旁看著，或者該說是把風。我和木園雙手抓滿戰利品的時候，小初卻一樣東西也沒拿。

我們沒追問小初為什麼雙手空空，答案再清楚不過。她只是我們的幻覺，即使是十圓的糖果，再怎麼輕她都無法拿起來。也就是說，對於我們以外的所有東西，小初都是無力的。聽起來理所當然，卻是非常重要的一點。幻覺之所以為幻覺，正因我們感覺得到它。正因我們看得見、聽得見小初，所以小初才會存在，她無法違背實際的物理法則。

那天，我的手被小初用力扯到有點瘀青，也是我的身體產生錯覺的結果。我在電視上看過一個催眠節目，有個人被沒點燃的香菸觸到手，卻真的燙傷了。因為那名測試者在經過催眠之後，堅信香菸是點燃的。我手上的瘀青，應該也是這麼來的。肉體是受精神操控的，人類只要對某件事深信不疑，事情就會真的如所思所想吧。

我們把從雜貨店裡得手的東西，全部藏到下水道的入口附近，那裡已成為我們三人的祕密基地。

要不了多久，雜貨店遭竊的消息就傳開來，大人們認定是小初搞的鬼。大家都說因為這很像小初會做的事、因為她就是壞孩子的代名詞、因為她是小初。

鎮上沒人懷疑過小初這個女孩究竟存不存在。不僅如此，有些平常就討厭小初的人，甚至會說：「我看到一個很像小初的女孩。」

我媽就這麼說過，但當我問她：「什麼時候？在哪裡看到的？」媽媽卻歪著頭，怎麼也想不出來。

「忘記是在哪裡，不過我真的看到她了。她的穿著跟大家描述的一樣，錯不了，隔壁的石橋太太也說她看過。對了，耕平，你該不會和小初是朋友吧？不可以，絕對不可以和那種壞孩子當朋友，連交談都不行。如果看到她，要馬上告訴媽媽，知道嗎？」

我心情複雜地點了點頭。

我們三人都升上了國中。我和木園就讀同一所國中，小初則進了隔壁鎮的國中。事實上，小初應該不可能上國中吧，從沒聽過哪裡的幻覺可以去上國中的。可是，小初的學生證看起來跟真的一樣，校徽也是鄰鎮那間學校的沒錯。好吧，這些應該都不存在，不管是校徽或學生證，全是我的幻覺。

不過，這些我都不在意。那時我最氣的，是身高比小初矮這件事。我們三人混在一起將近三年了，本來三人裡最高的一直是我，誰曉得現在小初還會故意走到我面前，挺直背脊說：「贏了耶！」

事情發生在某一天。我們像平常一樣聚在橋下的下水道入口一帶打發時間，後來決定一起到我家玩。我已忘記為什麼會得出這個結論，總之就是如此。

對我們來說，下水道這一帶是最舒適的，我們出來玩幾乎很少約在誰家碰頭。因為下水道既不會太熱，也不會太冷，爸爸媽媽更不會出現。所以，那天算是小初第一次到我家來玩。

先在院子裡捉弄了一下我家的狗之後，木園和小初才脫鞋進到家裡來，然後鞋子就亂丟在玄關。他們都不像我那麼有規矩。當然，小初脫下的鞋也是我的幻覺，只是我和木園都看得到，也摸得到，和真正的實品幾乎毫無差異，但在其他人的眼中就跟空氣沒兩樣。

他們馬上進到我的房間東看西看，還拿起我擺在架上的塑膠怪獸亂玩一通。我本來有更多怪獸玩具，只是拿去下水道擺著，後來就弄丟了。如同木園說過的，只要一下大雨，下水道就會淹水，我的塑膠怪獸玩具全被沖到下水道的最底層。反正那些都是不太重要的模型，我沒特別放在心上。

過了一會，媽媽打開房門。當然，她看不見小初。

「淳男，你來找耕平玩呀，真難得。對了，耕平，你過來一下。」

媽媽向我招了招手，在房門外和我說話。由於只有一門之隔，他們兩個人

（其實是一個人）在房間裡一定也聽得到我和媽媽的對話。

「耕平，剛剛你和淳男是不是在說小初的事情？你該不會認識小初吧？」

我心想，這下糟了。媽媽到處聽來一些不好的傳言，對小初自然不會有好印象，但我又不可能回答：「我不認識小初啊。」因為小初在身後的房間裡，聽著我們的對話。

換成我站在小初的立場，要是聽到小初跟她媽媽說：「耕平才不是我的朋友！」我一定會覺得遭到好朋友背叛，難過得不得了吧。

所以，我對媽媽說：

「對啊，她是我的朋友。」

「朋友？你說什麼？那個壞孩子小初耶！媽媽不是警告你很多遍？不可以跟她說話！」

「可是，她其實沒有大家說的那麼壞啊……」

聽我這麼說，媽媽提高音調，講了一堆，像是小初做了多少壞事、讓大人們傷透腦筋，然後命令我不准再和小初交談。

在這之前，我幾乎不曾反抗媽媽。只要媽媽一生氣，我都會非常害怕，馬上乖乖聽話，那天我卻賭上尊嚴，說什麼也不肯讓步。

或許是因為，一想到我和媽媽的對話，小初在房裡全聽到了，我就覺得心好痛。

好不容易媽媽終於離開了。我戰戰兢兢地回到房間，心想小初聽到那些話一定會大發雷霆吧，但小初的神情很平常，只說了一句：「你們講好久喔。」

木園對著我，用嘴型無聲地說：「你這個混蛋。」

然後，他們回去的時候，又發生類似的事情。

木園進門時脫下來隨意亂丟的鞋子，整整齊齊地擺在玄關，是我媽少有的體貼。然而，小初的鞋子沒得到相同的待遇，仍隨便丟在地上。

當然，媽媽是因為看不見小初的鞋子，只是我也明白這並非看不看得見的問題。不知為何，我忍不住覺得小初好可憐，或許是小初總表現出一副滿不在乎的樣子吧。

但她怎麼可能不在乎。從那一天起，只要有人提議去誰家玩，小初都會推說有事不能去，態度突然變得冷淡。小初一定也懷著各種各樣的心思。

那天，兩人離開我家的時候，我向小初道了歉。

「噢，那個啊，我不覺得有怎樣。不過，謝謝你。」

不知道她為什麼要謝我，但那個時候的小初，很不可思議地，看上去似乎有點靦腆。

小初並不像大人們說的那麼壞。其實，她不但對差別待遇有些敏感，還意外地是個內心纖細的孩子。創造出小初的我和木園都非常清楚這一點，所以小初能和我們當這麼久的朋友，已是奇蹟。所謂的幻覺，隨時都可能消失不見，只要一個沒留心，形影開始模糊就沒救了。想到這些，就覺得小初真的陪伴我們非常久的一段時光。

自從那一次在下水道裡迷路之後，我們再也不曾下到那麼深的地方去玩。雖然有幾次想獨處的時候曾走進入口，不過我都會特別留意，只走到自己能夠掌握的地方。

我和木園有一個共識，我們到過下水道的終點，也就是那個積了水的地方，這樣就夠了。再怎麼說，我們已在鎮上的祕密文化資產上，留下我們的名字為證。

不知為何，只要想到那個地方，我就很不安，甚至不止一次夢見黑暗湖水中的那條永無盡頭的路。

木園也說再也不想去那裡。

「那裡一定聚集很多靈魂啊。你想想，只要一場大雨讓河川的水位上漲，那些水全都會流進下水道，不曉得有多少魚跟著被吸進下水道。等雨停了，下水道的積水會排到某些地方去，魚卻被留在那裡，然後在那裡死掉。我一點也不想再去那種地方。」

我想起下水道最底層，那靜止的水面沒有任何波紋，一片沉寂。陰森森的，難怪會招引靈魂聚集在那裡。

有一天，我家養的狗死了。起初，我並沒有特別難過什麼的，總覺得從很久以前，我就沒再和牠玩過。隔了整整一天，我才突然有想哭的感覺。

「這陣子牠好像一直繫著狗鏈，也沒帶牠去散步吧？以這傢伙的長相，站出去可說是天不怕地不怕。」

從這樣些微的情緒開始，更多遺忘的回憶從我的心底慢慢湧出。

我想起牠還是一隻小狗的時候，我瞞著爸媽帶牠回家的事情，以及牠開心到不停轉圈的樣子。唉，我怎會在不知不覺間，和牠變得不再親暱了呢？

這時，耳邊傳來「滴答」的水滴聲，我的腦中浮現一個影像：小狗頭上戴著探照燈，一路往下水道的最深處走去。原來如此，那灘積水的彼岸，便是來世啊。

我帶著這個奇妙的想法走進下水道，獨自在裡面悄悄哭泣。

但運氣有夠差的，這副模樣被小初看到了。這真是我的人生中最難堪的一刻。沒有什麼比一個國中大男孩被女孩看到掉淚的軟弱模樣，更丟臉的事。

「換成是我，絕對不會為了狗死掉這種小事哭。」

聽到小初這麼說，我一股怒氣突然冒上來。

「妳不過是個幻覺，懂什麼？」我不禁脫口而出。

「……對對對，你說的都對。總之，我會裝作沒看見。」

過了一會，我冷靜下來，為說出口的話懊悔不已，我責罵自己：「看你幹了什麼好事！」不過，小初卻一副早就忘記這回事的樣子。結果，我終究沒能當場向她道歉。

上國中之後，我和木園分到不同的班級。雖然我交了些新朋友，但都不是像木園和小初那樣能說心裡話的摯友。不過，我的新朋友都聽過小初的事情，他們住的那一帶也流傳著小初的各種謠言。小初居然變得這麼有名，實在太不可思議了。或許一開始的女孩謀殺小雞事件，正是如此驚人。

新朋友們聊著小初，我只是靜靜地聽。

「我以前上的小學那一帶，也有很多小初的傳聞。我哥的朋友的老師，還看過她本人。」

「聽說有人看過升上國中以後的小初。她跟我們差不多年紀吧？現在一定是個全身肌肉、又高又壯的女生。」

「又高又壯？」我吃了一驚。

「因為我們上小學的時候，她不是把附近一個國中生打到送醫院嗎？」

「笨蛋，才不是啦。她是咬掉了一個看不順眼的老師的鼻子！」

這時，一旁的女同學聽見他們的討論也加入話題。

「可是，我看到的小初很瘦，身高和我們差不多，長得十分可愛。」

「妳看到她了？」

「有一次我在逛街的時候，看到一個很像是她的短髮女孩。那個人一定就是小初。」

「真的假的！」「好厲害！」讚嘆聲此起彼落。

「喂，罐裝咖啡，你有沒有聽過小初的事？」朋友問我。

「罐裝咖啡」是我的綽號，因為和我的名字管耕平的發音很接近（註）。

「我不大清楚小初的事耶。」

註：「管耕平」的發音為KAN KOUHEI，近似日語罐裝咖啡「缶コーヒー」的發音KAN KOUHÍ。

在別班的木園淳男，聽說也被同學取了個綽號叫「磯野勝男」〔註〕。

某個冬日，小初窩在下水道裡，看上去悶悶不樂的。每年冬天我們都會搬暖爐到下水道入口附近，那個位置冷風吹不進來，再加上暖爐就很暖和了。

那天，我走進下水道，發現木園和小初圍著暖爐，不發一語。

「小初的奶奶去世了。」木園說。

小初的眼睛紅紅腫腫的。

「我真是差勁。當初耕平的狗死掉，我說換成是我就不會哭。那麼難受的時候我還惹你生氣，實在對不起。」

她把手伸到暖爐前，繼續說著。幻覺也會覺得冷嗎？我心想。

「記得你回了我什麼話嗎？『妳不過是個幻覺，懂什麼？』，是吧？唉，我聽了真的很受傷。」

「對不起。」

「說穿了，我只是一個映在你們視網膜上的幻覺而已。就像你們做的白日夢一樣，我其實是不存在的。可是，我奶奶是真的存在啊，雖然你們都沒看過她。奶奶家也是真的存在，我常常去住奶奶家，只要我人一到，奶奶就會煮飯給我吃，雖然她每次都會端出我最討厭的醬菜。我在奶奶家有自己的棉被、自己的房間，我還帶了很多換洗衣物放在奶奶家。我最討厭人家隨便動我房間裡的東西，有時奶奶幫我整理房間，我還會對她發脾氣。那種時候，奶奶總是一副很難過的樣子。這些事情全都清清楚楚地存在我的回憶裡啊，但我只是你們的幻覺，好不可思議。」

這是小初第一次提起她是幻覺的事。那天小初看上去非常寂寞不安。既沒戴棒球帽，也沒穿那件沾滿鼻涕的毛衣，只是一個穿著很一般的服裝、很一般的女孩，失落的身影中幾乎看不見昔日那個活潑的小初。

從那天以後，每次到了各自回家的時間，小初都會搭公車回她位於鄰鎮的父母家。聽說，她的奶奶先前是一個人住獨棟的房子，她父母打算把那棟房子賣掉。

我和木園常送小初去公車站等車。三人一起在站牌前等著，公車一來，車門打開，我們兩人便目送小初腳步輕快地跳上車。司機總是用那種「到底要不要上車？」的眼神望著我和木園。公車司機看到我和木園站在站牌前，才停下車，然而，他卻看不到已跳上車的小初。公車離站，小初總會坐在最後一排的座位，像個孩童般對著我們揮手。

註：「木園淳男」的發音IZONO ATSUO，近似磯野勝男「磯野カツオ」的發音ISONO KATSUO。為長谷川町子（1920-1992）的漫畫代表作《サザエさん》（蠑螺太太）中的角色。

我家隔壁住著石橋一家。他們家有個四、五歲的小男孩名叫伸廣，我都叫他小伸。

小伸和我成為好朋友，是在我就讀國三那一年。說到國三，當然就是要準備升學考試，但當時的我很討厭讀書，成績一落千丈。木園雖然從以前就對學校課業沒興趣，成績幾乎沒好過，但一認真讀起書來，成績居然突飛猛進。他大概也是在那個時候開始認真學攝影。好幾次小初教我功課，木園看著一臉困惑的我，一面嘀咕著「真丟臉哪、真丟臉哪」，一面在旁邊猛拍照。

我們三個裡面最會讀書的，居然是小初。一想到我和木園解不出來的題目，我們的幻覺小初卻能夠輕輕鬆鬆地解出來，感覺還真奇妙。

那陣子，我經常請小初教我功課，每天都為了寫功課搞得精神不濟。有一天，我跑去百貨公司逛玩具店。我從小就喜歡玩具店，只要逛逛玩具店，平日累積的沮喪和不愉快似乎都能獲得消解。很偶然地，我在那裡遇見小伸，他盯著店面電視上播放的電玩畫面，十分入迷。我剛好有那套遊戲，於是我在一個幼稚園孩童的面前大展身手，將平常課業上累積的壓力全部發洩出來。看到小伸露出羨慕不已的表情，我的內心暢快多了。

在那之後，我和小伸還算不上要好。不過，從那一天起，小伸常來我家玩。當然，都是來玩電動。

這件事情馬上成為木園和小初的笑柄，他們笑我一個國中三年級生，居然跟幼稚園孩童一起玩電動。然而，我一點也笑不出來，我都快被煩死了。小伸在我房間吃零食都到處亂丟，又流鼻涕，還會把模型的頭扭斷，但我不可能因為這樣就把他趕回家去，於是我的房間慢慢地變成兒童房。

有一天，小伸發現下水道入口，我們的祕密基地。那時，我和木園在橋下的水泥地上打撲克牌、玩著梭哈，小伸冷不防出現，一問之下，才曉得我出門之後，他一路跟著我。小伸輪流望了望我和木園，開心地笑了。

小初也在場，就站在突然出現的小伸身旁。發現小伸沒看到她，小初失望地垂下了眼，一察覺我在看她，她馬上縮了縮脖子，一副「真傷腦筋哪」的表情，回了我一個微笑。

我叮嚀小伸，千萬不能對任何人提起這個祕密，其實滿擔心的。木園說，搞不好小伸會把這件事告訴所有人。然而，數天後，仍沒聽到任何關於下水道的傳言，表示小伸沒洩密。從此以後，小伸不時會過來橋下和我們一起玩。

之後，我和木園又進了同一所高中。畢竟是高中，身邊的人幾乎都沒聽過小初的傳聞。偶爾和從前的朋友見面的時候，如果提起小初，大家也只是懷念地說：「對啊，以前的確有過這號人物。」

小初和我們進了不同的高中（的樣子）。有次，我碰巧在路上遇到穿制服的小初。她穿著咖啡色的西裝外套，挺有模有樣。我朝她揮揮手，她開心地跑過來，那身影就像隻貓。

「我正在找打工。」小初說。我心想，幻覺女孩要找打工？大概只是隨便找找吧。沒想到過幾天，小初就說找到打工的地方了。

「車站前面不是有一家書店嗎？我要去那裡負責收銀。」

問了她店名和地址，我記得車站前確實有這麼一家書店，書店的店名和內部裝潢我都有印象，她給我的地址也不是個不存在的地點。然而，每次我想去書店探班，都會走錯路，終究沒能去成。

「你說小初穿怎樣的制服？」

我告訴木園書店的事，他感興趣的卻是小初的制服。其實，我們根本不曉得小初到底是上哪一所高中，每次要問小初的時候，不知為何，話題總會被岔開。

我將記憶中的制服模樣描述給木園聽，他嚇了一跳。木園說，那制服是一所頭腦超級好的人才進得去的高中的制服。當他說出那所高中的校名後，我也嚇了一跳，因為那是比我們的學校排名更前面的明星高中。

有一天，小伸在下水道入口撒了一泡尿，從那天起，只要提到小伸，小初總是咬牙切齒地說他是「臭小鬼」。上高中以後，我們對於進去裡面探險已不感興趣，可是，下水道對我們來說，永遠是如同我們的家的場所。

第一次看到我和小初交談的時候，小伸似乎感到十分不可思議。在他的眼裡，我就像是對著空氣說話。

木園決定把小初的事情告訴小伸。

「雖然你可能沒看見，不過這裡有一個很凶的大姊姊。」

不愧是小孩子，小伸馬上就接受這種事，而且他對小初說的第一句話就是：「笨蛋！」然後他開始唱著：「小初是個大笨蛋，小初是個大傻瓜。」

小初立刻朝小伸的頭揮了一拳。可惜小初是幻覺，小伸看不見她，她又不存在，所以這拳一點也不痛，會痛的反倒是揍人的小初。再怎麼接近真實的幻覺，仍無法移動擁有重量的實體，所以小初揍小伸，如同我的拳頭打在水泥牆上。

「小初現在很生氣，她的表情就像鬼婆婆一樣，你最好別再唱了。」

小伸聽我這麼說，益發起勁地惹小初生氣。於是，小初揍了我一拳，簡直痛死我了。因為我看得見小初。

之後又過了幾個月，冬天來臨。那一年的冬天非常冷。

「搞什麼，今天那臭小鬼還是沒來？」小初似乎覺得很冷。我記得那時已接近忙碌的年底。

小伸將近兩個星期都沒來橋下玩。之前他經常來找我們，這陣子連我家都沒來。「大概是感冒在家休息吧。」我說。

「這樣也好，耳根清淨多了。」小初說。

那天晚上，我才知道小伸沒來找我們的原因。

那陣子，每當入夜之後，我家那一帶就有飆車族出沒。雖然我們的住家和馬路有段距離，不過摩托車的噪音聽在睡著的小伸耳裡實在吵得不得了。只要有飆車族經過，小伸就會從睡夢中哭醒，由於睡眠不足，漸漸變得有點神經衰弱。

「小伸睡不好，耕平你倒是睡得挺熟嘛。」

「因為這傢伙非常遲鈍啊。」

小初跟木園說完，兩人又神祕地討論著什麼。

結論是，木園拿一個藍色的水桶給我，由我負責半夜去某個地方撒水。我也搞不清為什麼，總之是小初下的指令。

那個地方，是郊外某條急轉彎的坡道。於是，我遵照指令，半夜跑去那個和緩的坡道上潑了一堆水。

隔天，聽說飆車族在那裡出了車禍，似乎是路面結冰導致摩托車滑倒，飆車族幾乎全員被送進醫院。不過幸好傷勢不重，都只是骨折或扭傷而已。

「那裡明明就有『減速慢行』的交通標誌，是他們自己不騎慢一點。」木園說。

後來開始傳出謠言，說是有人故意灑水，害飆車族滑倒。要不了幾天，大人們之間就開始竊竊私語：

「這肯定是小初幹的好事，真是大快人心！」

3

高一那年，我們在橋下過年。元旦是小初的生日，我們卻從沒幫她慶生過。就算我們準備蛋糕，身為幻覺的小初又不能吃，也不可能吹熄蠟燭。所以，我們決定什麼都不做，每年都是三人聚在一起打撲克牌度過。

撲克牌也是小初帶來的。本來應該是幻覺的撲克牌，我和木園卻看得見，也摸得到。

如果有人看到我們玩撲克牌的樣子，恐怕會嚇壞。一般人看來，應該只有我和木園盯著某個空無一物的空間，還會突然大叫。

不過，那一年的壽星小初卻不太有精神，約莫是打工太累了。

「那傢伙最近家裡經濟狀況不太好，聽說她的媽媽住院了。」木園悄悄告訴我。

小初似乎滿常私下找木園商量事情。這讓我再次瞭解到，自己果然是個不可靠的男人，感覺好失落。

「所以那傢伙才會四處打工。」

我和木園以前將小初設定為「家境不好」，我十分後悔當初輕率地說出這樣的話。後來我們曾試著把小初重新設定為「其實她是有錢人家的女兒」，事後證明小初家裡的狀況並未獲得改善。

「其實我一直很清楚自己只是個幻覺。」

有一天，小初這麼說：

「好比，我無法碰觸你們的世界。換句話說，我不能移動任何東西。就算我摸了小伸的臉頰，也只覺得和石膏一樣硬，這稱得上是觸摸嗎？我就像是你們的夢，如果我真的能夠干涉到現實中的其他人，會引發很大的問題。不過，真是不可思議，我在學校裡可以正常地和大家說話，打工的時候也能和顧客好好互動，可是我所認定的『學校』或是『打工的地方』，也是你們一併設定出來的，包括『奶奶』。就算你們自己沒發現，也一定是你們在潛意識裡設定出來的啊。如果不是遇到你們，或許我會一直以為自己是一般的人類吧。可是，為什麼我還是一直跟你們玩在一起？」

一直靜靜聽著的我，開口對小初說：

「不過，一輩子大概會有那麼一次吧，我們所在的世界和妳所在的世界之間，必定會有那麼一瞬間是不存在任何隔閡的。」

「不可能。從物理層面來看，絕對不可能。」木園說。

然而，小初既沒肯定也沒否定，臉上始終掛著令人費解的複雜表情。

高二那一年的梅雨季很長，每天都下著大雨。我們鎮上本來就多雨，不過那年的梅雨季格外不同，我恐怕一輩子也忘不了。

一下雨，河水暴漲，我們常去的橋下那一帶瞬間被水淹沒，下水道也不例外。此時，下水道的入口想必宛如無底洞，大口大口地拚命把水吸進去吧。下雨的日子，我總是望著窗外胡思亂想，然後嚇得自己直打哆嗦。只要想像這一類的畫面，我都會不寒而慄。

某個星期日的傍晚，我在客廳看電視，媽媽慘白著臉從外頭回來。那時，磅礴大雨才剛停。

「隔壁石橋家的小伸廣從中午就不見人影，聽說找遍家裡就是找不到。雨下得這麼大，到底是去哪裡？」

當時我覺得沒什麼大不了，外面天空雖然陰陰的，但又還沒全暗，小伸應該再一會就回家了吧。小伸已上小學一年級，之前也有好幾次貪玩害得家人擔心的紀錄。

有一次，小伸晚上過了八點還沒回家，他爸媽差點就要打電話報警。當時我心想，他該不會是去那裡吧？於是我朝橋下跑去，發現他躺在下水道入口附近，睡得正熟。

「沒事啦，他一定是躲進衣櫃還是哪裡了。」

「可是，他們檢查過家裡好多次了。」

「檢查再多次也可能沒看到啊，大家沒把這件事放心上的時候，他就會自己跑出來了。」

「可是，我們鎮上溺水的意外那麼多，實在令人擔心，希望小伸廣不是掉進河裡就好。」

入夜之後，小伸還是下落不明，不過出現一段非常重要的目擊證詞。附近的老爺爺說，中午出門送傳閱板的時候，看到了一個很像小伸的小男孩在河邊玩。

我媽愈來愈擔心，神色凝重。過沒多久，小伸掉進河裡的傳聞，就在附近傳開了。

雨下到半夜終於停歇，我根本不可能睡得著，於是起床出門，直奔向河。老爺爺看到小伸的河邊，就是下水道入口那條河的所在之處。

搞不好小伸和平常一樣想去橋下玩，才失足掉進河裡吧？搞不好小伸不曉得梅雨季節下水道整個都會被水淹沒，和平常一樣跑去下水道了吧？我腦中不斷浮現種種推測。

到了河邊，許多大人拿著長棒子往河裡探，手電筒的光點沿著河邊連成一長串，像廟會一樣。

我在那裡遇到木園，他也大致聽說了是什麼情況。

「你覺得他還活著嗎？」我問木園。

木園卻說出相當殘酷的話：

「他最後被目擊的時間，是中午左右吧？活著的可能性很低，就算我們再怎麼擔心，會死掉的就是會死掉啊。」

我對木園說：「我再也不想見到你。」木園只是板起臉，什麼話也沒說。「喀嚓」一聲，他拿起相機拍攝四周的景象。於是我又對他說：「以後不管發生什麼事，我都不會看你拍的照片。」

第二天，我向學校請假，在家裡發愣。天空雖然陰陰的，卻沒下雨。最後，昨天一整個晚上小伸還是沒回家。

中午左右，家裡的電話響起，是找我的。媽媽接聽後說：「是淳男打來的。」我接過電話，當場把話筒掛上。

「我出去散個步。」

我跟媽媽這麼說便出門了，雙腳自然地往河邊走去。昨天夜裡在河邊的大人們已不見蹤影，媽媽說他們往更下游的地方去搜尋了。看來，大人們並未發現下水道的入口。

河水的水位降到只比平常高一點的地方。如果是這個水位，應該不會再有水流進下水道。

我在橋附近遇到小初。

「嗨，好久不見。」小初笑著對我揮揮手。

只要連續幾天下雨，我們就沒辦法到橋下集合，所以每年的梅雨季都難得碰面。當然，如果小初去我家或是木園家玩就另當別論，只是她不會這麼做。

「怎樣，最近還好嗎？……怎麼了？你怎麼哭了？」

我把小伸的事情告訴小初。一開始，她以為我在開玩笑，後來察覺我是認真的，她的臉色愈來愈蒼白，像隻松鼠還是什麼動物般不安極了，驚慌失措到都快哭出來。

我才跟小初講完小伸的事情，伴隨「嘰！」一聲，一輛腳踏車出現在面前，是木園。看到那傢伙我就不舒服，於是我別過臉。

「你在這裡啊，我打過電話找你耶。」

看到我身旁的小初，木園大叫：「妳來得正好！」

「小伸的事情是真的嗎？」

小初緊緊抓著木園。說是緊緊抓著，木園的衣服當然不可能被她扯皺。

「看來他是真的掉進河裡了，不過有一個新的消息，是好消息喔。」

木園的眼鏡閃過一道光芒，一副自信滿滿的模樣，而我和小初看上去應該很像等著聆聽聖者傳達神旨的窮人家小孩吧。

「今天早上，在小學的朝會上，校長把小伸的事情告訴全校的人。啊，沒時間了，不講快點不行！」

木園看著我們的眼睛繼續說：「反正重點就是，小學裡出現小伸的鬼魂。雖然說是鬼魂，其實只是聽到他的聲音。明明四周一個人也沒有，卻傳來一個微弱的聲音說著『救命啊……』。聽到這個聲音的人，是小伸班上的同學，一個小學一年級的女生，她非常確定那就是小伸的聲音。那個女生太害怕，當場忍不住就吐了出來。大家在附近拚命找，就是找不到小伸。這件事現在已傳遍他們校內。」

救命啊……我彷彿也聽見了，聲音在我腦海裡縈繞不去。木園到底想說什麼？

「耕平，現下不是站在這裡說話的時候了！快，小初快為我們帶路！有妳在真是幫了大忙！」

木園塞給我一支手電筒。

小初立刻衝了出去。

「你還聽不懂嗎？那個女生聽到小伸聲音的地方，就是那裡！那個錢包掉落的地方呀！小伸掉進河裡以後，奇蹟似地被吸進下水道裡。不，說不定他本來就打算進下水道玩。不管怎樣，總之他還活著。可能在被沖走的途中有什麼東西鉤住他，恰恰在下水道那個上面有水溝蓋的地方，於是小伸發出求救聲。不只這樣，剛好有個女生聽到他的聲音。這麼多的幸運同時聚集在他的身上，簡直就是奇蹟啊，還真的是該活的就會活！」

小初急忙帶著我們往下水道深處，那個頂端有格子鐵蓋的地方奔去。

然而，小伸不在那裡。

「八成又被沖走了。」

那不就得找遍整個下水道？我不禁擔心起來。

「要是被沖走……應該就是在最底層積水的那個地方！」

木園話聲剛落，小初已丟下我們向前衝。小初拚命地跑，這應該是我認識她這麼久以來，第一次見她如此不顧一切。

來不及跟上她，我和木園只好把手電筒放到地上，讓它往前滾，隨後一路往下走。這麼做應該就能走到最底層。

小學畢業之後，我們就不曾試圖前往下水道的最底層。下水道裡面變了很多，約莫是剛下過雨的關係，空氣十分潮溼，還有一股腥味，大概有魚發臭了吧。不過，最令我訝異的是，裡面的空間大小感覺上沒變，但我們的個頭明明比從前高大許多。難道在這片黑暗中，我們又回到孩提時代？

「小初其實是一隻貓的名字。」木園邊走邊對我說。

「耕平，你在我的房間裡看過貓的照片吧？那就是小初一世，現在這隻是小初二世。小四那年發生謀殺小雞事件的時候，我腦袋裡突然蹦出的名字，就是幼稚園時養的母貓的名字。」

「難怪我一直想不透，為什麼你特意跟老師說小初是女生，根本沒必要撒這個謊吧。」

「……剛開始，我們都以為小初一世是公貓，一直到貓的肚子變大，我們才察覺原來是母的。後來，牠被車子撞死了，就在即將臨盆之前。我爸將小初裝進紙箱，打算趁著雨天扔進河裡，好順水流走。正要丟進河裡，我聽見紙箱傳出一陣細微的聲音。當時我心想，說不定是牠的孩子。小初雖然死了，搞不好牠肚子裡的小貓還活著，就誕生在紙箱裡。可是，我還來不及確認，我爸就把紙箱扔進河裡了。至於那條河，當然就是現在外頭的那條河。」

「你說那天下著雨，那隻貓該不會也被吸進下水道吧？而且，該不會就沉在我們要去的那個地方吧？」

「所以我說那個地方啊，真的有點恐怖。」

聽著聽著，我忽然明白了。木園的這段故事，跟我當初想把小雞沖進排水溝的那件事很像。

事件發生那一天，木園彷彿在聽之前看過的電視節目的解說，一臉無趣地聽著我告白罪行始末。當時，木園或許是將自己與我重疊在一起了吧。

這麼一想，我突然能夠理解他袒護我的理由。對當時的他來說，袒護我便能讓他的內心得到救贖。

在木園的眼中，創造出一個小初，等同讓他的貓又活過來。當然不是說小初是貓靈，那傢伙確實是不折不扣的幻覺，但她同時也是木園對於貓的一種心理補償。

在木園和小初的關係之間，我不過是個半途搭便車的人。在完全不清楚木園內心糾葛的情況下，我彷彿想讓小雞再活過來，於是在創造出小初這件事上，與木園產生共同的默契。

……是我想太多了嗎？

一邊思考著這些事情，我們走到最底層的巨大隧道。我突然緊張起來。

這裡和以前一樣積著水。昨天灌進下水道的水，應該全匯集到這裡來了，但眼前的水位和以前看到的時候差沒多少，到底這個下水道是設計成怎樣的構造？浮在水面上的垃圾也比想像中少，我拿手電筒往水面一照，宛如石油般黝黑的水面，搖搖蕩蕩閃著亮光。水面在搖蕩，可是裡頭應該沒有風啊。

有了！小伸仰著臉浮在水面上，旁邊是下半身浸在水中的小初，她好似剛游過泳，連頭髮都是濕的。小初撫著小伸的臉頰，一臉愛憐地望著小伸。那時小初完全就像個母親，直到今日我仍無法忘懷。

後來，確定小伸還有呼吸後，便由我揹著他回去，木園則是打開鎂光燈，用相機拍下四周的景象。

由於小伸失蹤超過一天，大家幾乎已不抱任何希望，沒想到我和木園把他帶了回來。於是，我們受到英雄般的待遇，小伸的父母更是哭著向我們道謝。有生以來，我第一次受到大人們如此禮遇，我暗暗盤算著，不如趁機要求些什麼。

大家問我們在哪裡找到小伸，我們謊稱：「他一直被關在小學的體育器材室裡。」至於有人在河邊看到小伸，其實當時他正要前往學校。經過這次意外，整條河被那麼多人翻過一遍，我們不希望下水道的入口被發現。

聽到我們的回答，大人們像是想說「什麼嘛，就這樣？」，興致瞬間大減，沒人注意到小伸的衣服全是溼的。於是，我和木園受到的英雄般待遇當場告一段落。要爸媽買台電腦給我，也只得到「你在講什麼啊」之類的冷淡回覆。

過了將近一個月，有一天我告訴小初電腦的事情，她回答：

「哎，你真的很笨耶，不會捏造一個更像樣、更能讓自己成為英雄的謊話嗎？比方，小伸被小初綁架了，是我們把他救回來的。反正我早就有殺死小雞的前科。」

「那件事情真的很對不起妳！我以後再也不會把自己的錯推給別人了！」

「反正我不在乎。」

說完，小初就笑了。打從一個月前，她自下水道出來以後，好一陣子都無精打采，看到她恢復平日的笑容，我由衷感到高興。

這是送小初前往公車站的路上，我們之間的對話。我們邊散步邊聊天，天色已暗，馬上就要入夜，小初差不多該回家了。雖然是不存在於這個世上的家，卻是只存在於不存在的小初內心，一個極為形而上的家。

夜色漸暗，在公車站牌旁的街燈照射下，地面微微映出小初的影子。當然，那影子也是幻覺。

公車來了，剛好我們的話題告一段落。我心想，幹得好！時間控制得恰到好處。公車司機看到站牌旁的我，將公車門打開。小初轉身望著我，那一瞬間，我突然覺得她看起來好小。這時我才發現，前一陣子我的身高已追過她。上高中以後，小初偶爾會戴那頂紫色的棒球帽，那天晚上她也戴著，但我不禁感嘆，這傢伙跟當初相比真的改變很多。

「那再碰面嘍……」

其實應該只有很短的時間，我卻感覺花了好長的時間才吐出道別的話語。小初輕巧地跳上公車。公車駛離，她在最後一排的座位上對我揮手，笑得燦爛。這是我和小初最後一次見面。

隔天早上打開電視，新聞節目正在報導車禍的消息。發生意外的現場就在我家附近，搭公車大約三、四站的距離。一輛公車在那邊的大橋上和大型卡車迎面對撞後，連車帶人掉進橋下的河裡。

公車司機和乘客幾乎全部罹難，只有一個孩童奇蹟獲救。

電視畫面上列出死者的姓名，「死者 共六名」的字幕上，第六個人竟然叫小初。

什麼？我盯著新聞畫面，發生車禍的公車，正是昨天晚上小初搭上的那一班。

媽媽看著新聞報導說：

「哎呀，我都不知道發生這種事，不就在我們家附近嗎？死了五個人啊。」

五個人？我再定睛看著電視，畫面上寫的確實是「死者 共六名」。啊，我慢慢有點理解現在是什麼狀況了，難道這也是幻覺？

媽媽看到的字幕是「死者 共五名」，不會錯的。實際上，不管是電視新聞或報紙上出現的，應該也都是五個人。唯獨我能夠看見第六個死者的名字……

後來一連幾天，我和木園都在橋下的祕密基地等小初。因為我們一直無法接受小初會死。再怎麼說，小初都是個幻覺，怎麼可能會因車禍喪生？我們的心情沉重，總覺得只要在下水道入口等著，哪天她又會大喊一聲「鏘鏘！」，再次出現在我們的面前。

然而，不管我們怎麼等，小初都沒有來。

「……是真的死了啊？」

聽到木園這麼說，我才逐漸接受小初已死的事實。不，我不知道「死」這樣的說法恰不恰當，小初本來只是個幻覺，說是「消失」比較貼切吧。但依我們的感受，小初應該是「死」了才對，畢竟我們那麼哀慟。

「小初的媽媽一定也很難過吧。」

我這麼說完，木園突然用一種前所未有的嚴厲語氣對我說：

「不要再想什麼小初的媽媽了！哪來的小初媽媽？你想讓更多人為這件事情悲傷嗎？」

之後沒過多久，木園就休學到遙遠的城市當攝影學徒了。

我依舊無心讀書，每天渾渾噩噩地過著高中生活，媽媽看到我的成績單都快昏倒了。無所謂，反正我不在乎。

接著，車禍發生之後，一年過去……

4

比約定的時間遲了一些，木園走進咖啡店。看到我身旁的小伸，他嚇了一跳。小伸已上小學二年級，我沒告訴木園今天會帶小伸一起來。

橋上放著好幾束花。

雖然車禍發生當時橋面的損毀處都已處理過，依然認得出是撞壞哪個欄杆之後，公車才掉進河裡。我探頭看了看橋下，滿高的。我心想，小初死的時候應該沒有受太多苦吧。不過，一想到對小初而言，「痛苦」或是「輕鬆」這樣的說法其實都不太適合，便決定不再想了。再怎麼說，她都只是個幻覺。

風颼颼地吹著。我把買來的花束放到地上，雙手合十。小伸也跟著我合十默禱。

我閉上眼睛回想。雖然小初已離開一年，我仍記得所有細微的事。她的模樣，她的聲音，她的全部。是了，這種感覺……和我第一次遇到小初的時候一模一樣。

會不會我一睜開眼，一如腦中描繪的小初就站在我身邊？我被這個幻想攫住，滿懷期待地睜開眼睛。小初當然不可能出現。

「回去嘍。」木園說。小伸牽著木園的手。好，我點點頭，又回頭望了一眼。

風吹得襯衫啪啪作響。

正打算回去的我們的面前，站著一個孩童。那是戴著紫色棒球帽，穿著短褲的小孩。

我的心跳差點停了。

「……小初？」

不對，細瞧這個小孩的臉，不是小初。是一個我不認識的男孩。

「不好意思，我認錯人了。」我向男孩道歉，他只是疑惑地看著我。

「你說的小初，是不是之前在車禍中死掉、戴著帽子的女生？你們是她的朋友嗎？」

我和木園互望一眼。為什麼這個男孩會知道小初的事情？

一問之下，原來男孩就是車禍中唯一的倖存者。一年前的那個晚上，他就坐在公車最後一排座位。

「最後一排座位……小初也都是坐在最後一排……」

「對呀，我還以為最後一排沒人。」少年點點頭，接著說：「但車禍發生的那一瞬間，旁邊有個女生緊緊抱住我。不知道她是什麼時候坐到我旁邊的，多虧有她，我才沒受重傷，大家都說我沒死真是奇蹟。因為那個人戴著一頂紫色帽子，自從發生那起事故之後，我決定要戴著跟她相同顏色的帽子。當時那個大姊姊把我抱得很緊，我還聞到她身上口香糖的甜甜香味，可是大姊姊卻死了。我媽媽說，要向她的家人好好道謝，但……很奇怪，聽說那次車禍死掉的人全是男生哪。」

我們又回到咖啡店。

我反覆思索少年的話。

小初的死至今仍令我悲傷得不得了。不過，我一直難以接受這種沒道理的死亡，聽了這番話之後，心裡多少輕鬆了一點。

「我想哪天來學潛水。」我對木園說：「然後，把我以前那些被沖進下水道深處的玩具撿回來。你知道嗎？流進去的塑膠怪獸現在值不少錢。」

「是喔，那又得做一份下水道的地圖。帶路的人不在了，進去裡面可能會走不出來，像以前一樣邊走邊算步數吧。不過，我覺得裡頭一定有更厲害的東西。」

「更厲害的東西？」

「雖然只是謠言，聽說那一帶藏著許多寶藏。換句話說，當初那個下水道就是為了藏匿龐大的財寶而建，這麼一想，不就能解釋為什麼地底下會有那麼長的隧道？不過，這些全是聽來的。」

「好，我們現在就去挖寶藏！」

此時，服務生送來兩杯咖啡和聖代。

「啊，對了。因為你之前說再也不看我拍的照片，一直沒拿給你。等一下。」

木園從口袋裡拿出幾張照片給我，那是小初的照片。不知情的人應該會以為是風景照，看不到照片裡的小初。這些照片，只對我和木園有意義。

最後一張照片裡沒有任何人，只拍了一面牆壁。

「這就是下水道最底層的那面牆。一年前左右，救小伸出來時拍的。」

牆壁上，在「管耕平」和「木園淳男」的名字中間，多了用油性簽字筆寫的「小初」兩個字。

「原來小四那一次，她從頭到尾都在𠾐。小初這傢伙真是的。這些字也是幻覺吧。」

吃著聖代的小伸突然抬起頭，說：

「我記得小初。」

「嗯嗯，不准忘記喔，小子。不過，你不曉得小初長什麼樣子吧？倒也難怪，畢竟你看不到她。」木園說。

小伸搖了搖頭。

「我看到了啊。」

「少騙人了。」

「是真的，我在很暗的地方看到的。那時我似乎漂在水裡，旁邊一個人都沒有，我好害怕，是小初來了，我才不哭的。但小初看到我，卻是一副快哭的樣子。」

那顯然是小初去救他的情形。原來那個時候小伸是看得見小初的。

「當時我們也在場耶。小子，你還記得吧？」

聽到木園這麼說，小伸皺起眉。

「騙人，你們才不在。」

「這小子，居然忘了我們救過他。」木園聳聳肩。

更不可思議的是，我們居然和小初相處八年之久。如果是幻覺，應該馬上就會消失呀。

如果不是小初願意和我們玩在一起，三人之間的關係恐怕早就結束了。小初也說過：「我在學校裡可以正常地和大家說話，打工的時候也能好好地和顧客互動。」倘若我是幻覺，還是留在幻覺的世界裡會比較快樂吧。要一個幻覺和現實世界的人類一起玩耍，想必無時無刻都會感到孤獨與疏離。雖然她是我們腦中描繪出來的人，也沒有理由非得陪我們玩不可。

我問了木園，他只是淡淡地說：「哎呀，當中一定有很多原因吧。」

正要走出咖啡店的時候，我說：

「你知道嗎？其實小初喜歡我。」

原本只是想開個小玩笑，沒想到木園看起來相當吃驚。

「原來你早就知道了？」

「咦？」

「我一直很猶豫要不要告訴你，不過小初叫我不要說，而且她死了之後你又那麼傷心。從很早以前，小初就會找我談心事。她說喜歡耕平，不知道該怎麼辦才好。國中的時候，有一次去你家，你不是幫小初說話嗎？就是在那之後沒多久的事。這個問題真的太複雜了，幻覺怎會喜歡上人呢？其實她很清楚，就算喜歡上你也不能怎麼樣，看在旁人眼裡也不太正常吧。所以我告訴她，不管她怎麼做，只要她覺得幸福就好。結果她決定不要向你表白，而是選擇當一個能夠長長久久待在身邊的朋友。」

忽然間，我全都明白了。

為什麼長達八年的歲月裡，小初都沒有消失？那是因為，她並不想消失啊。

BLUE

1

凱莉把剛買的布偶材料夾在腋下，進了這家店躲雨。雖然沒掛招牌，不過從店裡的擺設來判斷，應該是古董店吧，不然的話，就只能算是收納鎮上破銅爛鐵的倉庫了。

店裡某樣古董擺飾突然動了起來，仔細一看，原來是老闆。這位老先生看上去年紀相當大，是個東方人。

凱莉決定雨停之前，和老闆聊聊天打發時間。這是她第一次進來這家店。雖然凱莉經常拿酒瓶到鎮上換一些縫製布偶的材料，但她以前從沒注意過這家店。只是，這幾年來凱莉沒有一天擺脫得了酒精的控制，所以沒注意到也沒什麼好奇怪的。

環視著店內雜亂的擺飾，一面聽著年老的老闆口中流利的英語，對凱莉來說，這聲音就像是一種好聽的咒語。她的腦袋還沒從昨天的酒精中清醒過來，店裡堆放的各式古老工具與美術品，在她的眼裡都歪歪斜斜的。凱莉有一搭沒一搭地回應老闆，她發現從剛才就一直笑瞇瞇的老闆，目光似乎被她腋下夾著的東西吸引。

凱莉告訴老闆，自己平常是販售手工布偶維生。她是在離婚之後，才開始試著用媽媽從前教她的方法縫製布偶。凱莉不但雙手靈巧，在這方面又有天分，所以布偶賣得意外的好。

「多虧布偶能賣錢，我才繳得出每個月的房租。」

除了笑容之外似乎忘了其他表情的老闆，帶著滿面微笑，輕巧地走進後面的房間，腳步滑順到彷彿裝了輪子。

過了一會，老闆抱著幾捆布料走出來。這些布料的顏色非常齊全。老闆什麼也沒說，凱莉心想：他應該是想賣給我吧。她摸了摸布料，沒想到觸感如此輕柔，簡直就像人的皮膚一樣，摸起來好舒服。凱莉彷彿醉了似地在布料上來回撫摸，幾乎捨不得將手拿開。

老闆告訴凱莉，這些是非常不可思議的布料，不過凱莉大概只聽進了一半。她已開始想像用這些布料做成的布偶會是什麼樣子，一定很漂亮吧。

老闆開的價錢有點貴，不過凱莉還是決定拿出原本打算用來買啤酒的錢，將布料全部買下。她把所有布料整理成一捆，抱在胸前。整捆布料乍看好似一個小嬰兒。

確認外頭雨停了之後，凱莉準備走出古董店，背後突然傳來一聲：「謝謝惠顧！」凱莉回頭一看，角落不知何時出現一個衣裝樸素的女孩，可能是這家店的人吧。她面帶微笑，對凱莉揮揮手說：「我是林，歡迎再度光臨！」

凱莉一回到公寓的住處，立刻清空桌上的酒瓶，騰出一個可以工作的空間。她打算使用從很久之前便一直構思的紙樣。

首先預留好一個小指指甲寬度的縫份，沿著紙樣剪下布料。凱莉將剪好的布一塊一塊排在床上，小心翼翼地避免弄髒。

剪完一個布偶所需的布塊後，古董店買回來的布料還剩很多。一想到可以用這些布料多做好幾個布偶，凱莉不禁一陣雀躍。

她廢寢忘食地用針線將剪好的布塊縫接起來。雖然是熟悉的作業，今天運針的速度卻特別快，連凱莉自己都覺得意外。

接著縫上從鎮裡買回來的塑膠眼睛，顏色就選咖啡色吧。

剛縫接好的布塊看起來像洩了氣的氣球，裡外互翻之後，塞進棉花，再使用專門的棒子將布偶的手腳確實塞好棉花，就大功告成了。

這個布偶的構想來自繪本裡經常出現的王子，身高約三十公分，皮膚使用白色布料，而青色布料製成的豪華服飾上還有刺繡點綴。咖啡色毛線製成的濃密頭髮上，戴著黃色的皇冠。

凱莉之前只做動物布偶，這個王子是她第一次製作的人形布偶，沒想到成品挺不錯。凱莉將王子布偶抱在胸前，看著布偶微笑的嘴角、咖啡色眼珠和白色肌膚，突然有種奇特的感覺。可能是一直抱著的關係吧，她的體溫似乎讓布偶也溫暖起來，但有那麼一瞬間，凱莉以為王子本身具有體溫。而且有些難以形容，總覺得這個王子像活人一樣，雖然他的形體看起來只是一般童話故事裡的王子。

凱莉的眼角餘光似乎看到某個東西動了一下。以為是經常在家出沒的老鼠，但並不是。剛剛剪完紙樣後，只剩下一些不完整的布料，明明沒人動過，卻變得東翹西彎。仔細一看，原本是方形布料現在卻歪歪扭扭的，上頭還多出皺褶。

思考幾分鐘之後，凱莉心想，大概是受到溼度和溫度的影響，使得布料收縮了吧。不過，製作布偶這麼多年，凱莉第一次見到這種會動的布料。雖然不確定哪種布料會受溼度和溫度的影響而扭曲變形，不過凱莉很確定老闆賣了不良品給她。

她難掩失望地將扭曲的布料燙平，布料馬上恢復平整。之後或許還會因為室溫的變化再度變形，至少目前她鬆了口氣。

接著，換成王子也動了。當時凱莉並未特別在意，只覺得是布偶使用了這種布料，同樣受到溼度和溫度的影響而收縮才會動的吧。

做好了王子，接下來完成的是公主，當然也是用這些布料製成。白色的臉和手，身穿禮服，黃色毛線做成的頭髮特別醒目。兩個布偶放在一起，簡直就像是童話書裡的插畫一樣。

凱莉打算再做一個追隨他們的騎士布偶。

這時，王子的手腳動了。其實，從剛才開始，凱莉的眼角餘光就不停瞄到有東西在動，她漸漸覺得有點害怕。她裁著布偶各部位的布塊，一邊想像各種可能性。應該不是什麼不可思議的現象吧，或許如同她剛才猜測的，由於布偶是好幾塊不同的布塊拼接而成，環境有了變化，各個布塊便往不同方向伸縮，所以手腳才會彎曲、頭才會扭動。

凱莉拿起王子，試著揮了幾下，什麼事也沒發生。接著，她把耳朵貼近王子。

「咻……」王子發出些微聲響。

不對，這不是王子發出的聲音。凱莉搖搖頭告訴自己：仔細聽，應該是從縫邊傳出的聲響。約莫是這塊布料的組織非常緻密，連空氣都無法輕易穿過纖維，所以當布偶伸縮的時候，裡面的空氣才會從縫邊漏出來，發出這種細微的聲音。

凱莉使用灰色布料為騎士穿上盔甲，手腳設計得特別長。就在騎士即將完工的時候，公主也動了。凱莉已筋疲力竭，視力也開始模糊，需要休息一下。於是，凱莉把剛完成的騎士放在另外兩個布偶旁邊，撲倒在受潮的被褥上，陷入深沉的睡眠。

睜眼醒來，凱莉發現三個布偶一齊望著她。起初她以為自己還在做夢，看來並非如此。她想著，一定又是布料伸縮的關係，便沒再深究。

她接著製作白馬的布偶，卻發現公主的手腳啪嗒啪嗒地揮舞著，似乎想站起來。怎麼可能。凱莉苦笑著，當成沒看見。不過，她沒察覺到，其實自己無意間還是忍不住偷偷觀察著公主。

不知不覺中，其他布偶也動了起來。三個布偶紛紛掙扎舞動著四肢，卻無法順利站立。凱莉心想，這也是理所當然的，因為他們並不是真的有意識地想起身，只是關節部分的布料不停收縮伸展罷了。但另一方面，她也發現布偶無法順利站立的原因。由於布偶的手腳都被做成圓圓的外形，當然站不起來。

於是，凱莉完成白馬布偶之後，進行一個實驗。為了確認布偶是沒有自主意識的，她用咖啡色布料為三個人偶做出足以支撐體重的堅固鞋子，分別替他們穿上。

三個布偶都站了起來，在桌子上快步行走。這時凱莉才終於明白不是布料伸縮的關係，而是酒精讓她產生幻覺。這樣就沒什麼好擔心的了。她安心地看著四個布偶。白馬有四隻腳，就算沒穿鞋，總有辦法走路吧。

布偶們好奇地望著房間裡四處滾落的酒瓶和裝著棉花的袋子，還伸手到處觸碰，或是躲到物品後面。他們偶爾會仰起臉，擺出一副似乎想問些什麼的神情看著凱莉。

凱莉聽不見布偶之間的對話，但他們似乎是用一種人類聽不見的聲音互相溝通。或許是運用從縫邊擠出來的氣聲，發出只有他們才能理解的語言？凱莉已受夠自己種種幼稚的臆測。

萬一這並不是幻覺，到底是什麼？他們的動能來源又是什麼？難道他們靠溼氣和溫度這些抽象的環境變化就能過活？

他們的視覺呢？聽覺與嗅覺又是如何？

一直思考幻覺的事也不是辦法。凱莉決定轉移心思，先去想想剩下的布料該怎麼處理。做完四個布偶之後，布料所剩無幾，就算把剩餘的布料全湊在一起，也沒辦法做出一個能賣錢的布偶。雖然是被古董店老闆所騙而買下的布料，宛若肌膚的美妙觸感卻是毋庸置疑，丟掉實在太可惜。凱莉決定收整所有剩下的布料，再做一個布偶。

沒有紙樣了，不過應該沒關係吧，畢竟有豐富的經驗。凱莉只目測便將青色布料剪出適當的大小。由於完全沒有白色或膚色的布料了，只能用青色的布料來製作這個布偶的基本部位。因為沒有塑膠眼睛，只好用黑色油性筆幫布偶畫上眼睛和嘴巴。做頭髮的漂亮毛線也沒有了，凱莉從垃圾桶裡翻出之前失敗時，丟掉的亂蓬蓬黑色毛線充數。

不知不覺間，凱莉的身邊圍繞著四個布偶，他們興致高昂地看著凱莉手中的作業。凱莉手一揮，受到驚嚇的布偶們旋即一鬨而散。

利用剩布做成的布偶，外表非常嚇人。看著像是女孩，但皮膚是亮青色，衣服則是藏青色。為了防止裡面的棉花掉出來，布料不夠的地方，就用不同顏色的布拼拼湊湊補起來。而且手腳的長度不一，連做鞋子的布料都沒了，所以凱莉又把她的腳掌剪平，直接重新縫合。

凱莉其實沒覺得這個布偶的外表有什麼不好，她煩惱的是不曉得該幫她取什麼名字。因為已有「王子」、「公主」、「騎士」和「白馬」，她的腦袋瞬間浮現「奴隸」兩個字。雖然滿符合這個布偶襤褸的外表，心中的道德觀念還是阻止了她。

凱莉無意間瞄到鏡子裡的自己，黑眼圈跑出來了，頭髮也亂七八糟，一臉憔悴，和這個剛做好的布偶根本沒兩樣。

「對了，她很像身體不舒服時鐵青著臉的模樣，就叫她『BLUE』吧。」

BLUE、BLUE，凱莉一遍又一遍地喃喃念著，於是倒臥在桌上的青色布偶微微動了起來。

2

丹・卡勒斯猶豫了一會，還是走進店裡。雖然沒看見招牌，不過應該是古董店。關上店門，外頭的驟雨聲一下就變小了。他在意著身上淋濕的大衣，一邊仔細端詳堆滿整間店的各種壺和雕像。這裡的商品照顧得很好，一點灰塵也沒有。

正當丹欣賞掛在牆壁上的刀和劍時，背後傳來一個聲音。不知何時，店主已交抱雙臂站在他的身後，是一個美到令人屏息的亞洲女子。她自稱「林」。

「我第一次來這裡。雖然常經過，卻總是過門不入，現在想想挺後悔的。」

「大家都這麼說。」

兩人在櫃檯前閒聊一會。丹告訴她，今天是想買生日禮物，送給即將滿十歲的女兒。

「這樣啊，送什麼好呢？會在家裡製造很多便便，讓爸爸傷透腦筋的寵物如何？」

林輕柔的嗓音聽起來非常舒服，丹愉悅地環顧店內，想起一部電影。電影講述一個父親從中國人經營的詭異古董店裡，買回一隻長得像老鼠的生物。那種生物碰到水就會增生，晚上過十二點之後餵食會變得極凶殘，而晒到陽光就會死。丹把這件事告訴林。

「那部電影裡出現的古董店，原型就是我們的店。那位導演是常客，我爺爺推銷過許多東西給他。那種遇水會增生的老鼠，也是從我們店裡買走的，只不過全部死光了。」

「那還真是可惜。」

丹當成笑話聽，林卻神情凝重地點點頭。

「當初不應該把籠子裡的老鼠，從冷氣很強的房間裡移出來。老鼠一離開冷氣房，身體表面馬上產生一點一點的水滴……光回想我都覺得不舒服。你看，裝著冰果汁的玻璃杯外側，不是都會冒水滴嗎？老鼠身上就是發生那種現象。最後，老鼠愈來愈多，不久就全部擠死在籠子裡。要不是裝老鼠的籠子太牢固……」

林嘆了口氣，轉回話題，詢問：「那麼，您打算買怎樣的東西送給令嬡？」

丹說女兒的興趣是收集布偶，林馬上彈了一下手指頭：

「我正好有一些布偶很合適。」

「不是藏有軍方研發的電腦晶片，不僅會動，還會攻擊人類的布偶吧？」

「那種最近剛賣完。」

「絕對不要會動的布偶。要是附帶這種功能，我會拿來退貨喔。」

丹只是想開個玩笑，林卻輕掩嘴角，思考了起來。然後，她從容地笑了笑，走進店的深處。

一分鐘後，美女店主將五個布偶擺在櫃檯上。其中四個非常可愛，做工精細，丹的女兒一定會喜歡。不但摸起來就像人的皮膚那麼舒服，碰觸布偶的指尖，甚至感覺到一股電流竄過。

「這些布偶做得挺不錯。」

「這是一位有名的布偶作家的作品。」

丹第一次聽到「布偶作家」這個名詞，看來應該是指販售自己縫製的布偶維生的人吧。

「這些布偶是知名布偶作家凱莉的遺作，她的作品常登上雜誌，價格一直都居高不下。可惜她後來舉槍自盡了。」

聽到這些事，丹也只能點點頭。雖然不曉得有多貴，他卻被一股奇妙的情緒牽動著，似乎非買下眼前這些布偶不可。不知不覺間，他已掏出錢包。

「這四個布偶我要了。雖然我不懂布偶，但不知為何，我似乎能感受到這些布偶的美妙，真的做得很棒。」

「只要四個？這個不要嗎？你要拆散他們幾個好朋友？」

林指著的第五個布偶，外型非常詭異，全身歪歪扭扭，看起來頗廉價。真的跟另外四個布偶出自同一人之手嗎？這個布偶的臉和手腳都是青色，穿著像巫婆一樣的藏青色衣服，一點也不可愛。雖然不能斷言，但實在不像精神正常的人會做出的東西。

「這個就不用了。」

「不收你錢，這個是送的。」

丹對免費毫無抵抗力，於是請她將五個布偶包裝起來，繫上緞帶。

＊

ＢＬＵＥ和其他布偶一起被年輕女店主帶回店鋪後方。林準備著紅色的大張包裝紙和黃色緞帶，一面以不會被客人聽到的音量說：

「聽好，現在要把你們包起來賣出去，但有一件事情你們要特別注意。喂！那邊的馬，不要再鬧了，仔細聽好！」

ＢＬＵＥ身旁的馬布偶從剛剛就一直靜不下來，林只好用雙手壓著，硬是讓牠坐下。認識這麼久了，ＢＬＵＥ曉得白馬就是這種靜不下來的性格。

「剛剛那位客人不希望布偶會動。如果你們亂動，他就會把你們退回來。你們也不想被退回來，對吧？那就絕對不可以在新主人家裡亂動，要假裝是普通的布偶，懂了嗎？」

ＢＬＵＥ非常認真地點著頭，把林的話牢牢刻進腦袋裡。其實，她內心雀躍不已，但現在不是胡鬧的時候。不知道會被帶到怎樣的家庭？ＢＬＵＥ預想著各種狀況，真希望是乾淨又漂亮的大房子。不知道自己會被送給怎樣的小孩？不知道小孩打開包裝時，會是什麼表情？光是想像著小孩打開禮物之後露出的笑容，ＢＬＵＥ就開心得手舞足蹈。

「你們幾個，小心不要被送回來喔。」

林將五個布偶靠在一起，用她大大的手放進包裝紙裡。四周變暗的那一瞬間，ＢＬＵＥ用盡全身的力氣，大聲喊出：

「林，再見！」

明知人類聽不見她的聲音，她仍想向林道別。

在包裝紙裡感覺得到林在綁緞帶，ＢＬＵＥ望了望身旁的大家。雖然很暗，不過對布偶來說，有沒有光線都無所謂。

「哎呀，終於出現買家，而且是連ＢＬＵＥ都願意一起帶走的怪人。」

白馬還是老樣子，吵吵鬧鬧。雖然牠老是取笑ＢＬＵＥ和大家不同，不過ＢＬＵＥ並不討厭牠。白馬就像是多年來一起生活，很重要的老朋友。

靜不下來的白馬。

高姿態的王子。

溫柔的公主。

沉默的騎士。

還好大家不是分別被賤價賣出，ＢＬＵＥ著實鬆了一大口氣。只要大家能夠在一起，就是最開心的事。

ＢＬＵＥ感覺到包裝好的禮物被林提了起來，交到新主人的手上。希望他的小孩收到會喜歡。ＢＬＵＥ的心中充滿期待，喜悅幾乎要從胸口的縫線之間溢出來。

3

卡勒斯家有四個成員。職業是業務員的丹、他的太太、還不會說話的男孩泰德，以及即將迎接十歲生日的溫蒂。布偶們在包裝紙裡靜靜聽著一家人聊天，從中獲取新主人的相關訊息。

禮物一打開，ＢＬＵＥ看到溫蒂滿臉的笑容，立刻喜歡上這個小主人。

女孩將五個布偶擺在生日蛋糕旁邊，開心地親著父親的臉頰。

「謝謝爸爸！」

父親抱起她，看看自己的女兒這一年來是不是又變重了。在ＢＬＵＥ用油性簽字筆畫成的眼裡，這完全就是個幸福美滿的家庭。從前在古董店裡，偶爾會在電視連續劇裡看到的溫馨家庭，正是ＢＬＵＥ最憧憬的。

當ＢＬＵＥ陶醉在女孩天使般笑容裡的時候，一個小男孩伸出沾著蛋糕黏呼呼的小手，想抓起王子。那是溫蒂的弟弟泰德。布偶對髒兮兮的手會本能地感到恐懼，ＢＬＵＥ突然緊張起來。

「不行，泰德！不可以摸！」

泰德被姊姊用力推開，摔倒在地上。但他並沒有哭，只是輪流盯著布偶與姊姊的表情，然後逃出餐廳。ＢＬＵＥ有點在意泰德眼中閃過的一絲陰鬱。

「我最討厭弟弟了！他上次還把我的書弄得亂七八糟！」

父親拚命安撫溫蒂。聽著女孩的抱怨，ＢＬＵＥ逐漸對泰德有一些瞭解。

他喜歡弄壞或弄髒溫蒂寶貝的東西，是個小破壞狂。他跑出餐廳，家人似乎也不太在意，搞不好這種事在卡勒斯家已是家常便飯。

過了一會，溫蒂的媽媽珍妮佛端著餐點進來。她要女孩先將布偶們拿到樓上的兒童房，免得弄髒。

兒童房裡已有滿坑滿谷的布偶。小熊、小狗等各式各樣大小不一的動物布偶，擺滿架子和床上。看到溫蒂這麼喜歡布偶，ＢＬＵＥ對溫蒂愈來愈有好感。

溫蒂笑瞇瞇地仔細端詳爸爸送給她的每個布偶，逐一擺到書桌上。首先是王子，接著是公主、騎士，然後擺好白馬，女孩一臉陶醉地望著布偶們。ＢＬＵＥ心想下一個就輪到自己了，但她沒被擺到書桌上，而是被塞到房間的角落。雖然覺得奇怪，ＢＬＵＥ並未想太多。

女孩關燈離開，ＢＬＵＥ立刻站起，往書桌走去。ＢＬＵＥ的左右腳長度不一，當然也沒穿鞋，所以走路的樣子一直都很怪，如果絆到東西勢必會摔倒，還因此常被白馬惡作劇伸出的腿絆個正著。然而，ＢＬＵＥ不曾質疑自己為什麼和別人不同。

ＢＬＵＥ抬頭一看，四個布偶開心地聊著天，似乎在談論眼前打掃得相當乾淨的獨棟屋子。ＢＬＵＥ想加入，但她身高只有三十公分，爬不上桌子。她不得不放棄，站在地面朝上方喊：

「欸，為什麼只有我沒被擺到桌上呢？」

四個布偶瞬間停止交談。

「對呀，真不知道為什麼。」

白馬藏不住的笑聲從上方傳了下來。ＢＬＵＥ不明白牠為什麼要笑。

「我也想上去你們那裡！」

「絕對不可以，要是溫蒂回來，看到妳在這裡，她不就知道我們會動了嗎？」

王子說完，四個布偶就當ＢＬＵＥ不在場，繼續先前的討論。

「剛剛真是千鈞一髮啊。那個男孩叫泰德吧？他的手那麼髒，被摸到一定洗不掉。我死都不要被弄髒，絕對不能讓他摸到我白皙的臉，絕對不行！」

「對呀，一定要特別注意，不能被食物弄髒。」

公主點點頭表示同意，黃色毛線做成的頭髮搖曳著。

ＢＬＵＥ突然覺得好孤單。她望向騎士，騎士卻別開臉。

為了趕在溫蒂進房之前回到原位，ＢＬＵＥ只好用怪異的姿勢走回房間的角落。ＢＬＵＥ心想，剛才溫蒂可能是太匆忙，才會連把我擺上書桌的時間都沒有，她晚上睡覺前一定會仔細地看看我。

然而，溫蒂回到房間後，很快便上床躺平。爸爸送給她的四個布偶，當然都擺在枕邊。溫蒂把頭埋進布偶堆裡，馬上就睡著了。ＢＬＵＥ打從心底羨慕王子他們，不過她深信到了明天早上，溫蒂一定會陪她玩，而且明天晚上她就會睡到床上去。

但日子一天天過去，依然沒人陪ＢＬＵＥ玩。

王子一行馬上贏得溫蒂的芳心。她每天放學回來，便和住在附近的朋友麗莎一起玩這些布偶。

而且，溫蒂幫ＢＬＵＥ以外的四個布偶，分別取了新的名字。麗莎特意為騎士用厚紙板做了一把劍，還在劍刃的部位包上錫箔紙，讓劍閃著銀色光芒，最後再用橡皮筋仔細地做了機關，好讓劍柄能夠固定在騎士的手上。麗莎認為騎士一定要配劍，實在是個手巧的女孩。

麗莎做的劍非常適合騎士。一天夜裡，ＢＬＵＥ對騎士說起這件事，騎士的回答卻非常冷淡。

「那種劍只會礙手礙腳。」

「你要好好珍惜啊！你看我，連個名字都沒有。」

ＢＬＵＥ好羨慕其他布偶。溫蒂和她的朋友幫大家取的名字，還有那些配件飾品，都是布偶受到溫蒂喜愛的證據，然而ＢＬＵＥ卻什麼都沒有。所以，ＢＬＵＥ覺得騎士應該要感到高興才對。

溫蒂和麗莎總是玩到晚餐時間還捨不得放下布偶，ＢＬＵＥ只能在房間角落靜靜看著。兩人似乎玩得十分開心，ＢＬＵＥ多麼希望自己有一天也能成為其中一分子。

溫蒂總是小心翼翼地保護布偶們，避免受到弟弟泰德的破壞。卡勒斯家的獨生女溫蒂整個房間裡最喜歡的布偶，是擺在書架上的一隻大熊。女孩將大熊布偶取名為麥克斯，幾乎每天都會用梳子幫牠梳整全身金黃色的毛。ＢＬＵＥ在半夜聽過王子他們悄聲交談，才曉得麥克斯是住得很遠的祖母送給溫蒂的。王子似乎相當嫉妒大熊。

某一個下雨天，溫蒂去上學的時候發生一件事。ＢＬＵＥ和其他四個布偶在空無一人的兒童房裡自由活動時，突然有人打開房門進來。原來是全身被雨淋溼的泰德。由於林告誡過萬一被發現會動，就會遭到退貨，大家慌忙在原地靜止不動。雖然布偶不會冒冷汗，不過如果有心臟，ＢＬＵＥ應該緊張到心臟都要裂開了。

泰德踩著沾滿泥巴的鞋子，從躺在地上的ＢＬＵＥ面前走過。地上留下許多泥腳印，顯然泰德剛在院子裡玩了泥巴回來。ＢＬＵＥ非常擔心地望著泰德，不曉得他想幹什麼。沒想到，泰德用沾滿泥巴的手，一把抓起大熊麥克斯。

想也知道，溫蒂回家看見髒兮兮的麥克斯之後非常生氣，不管三七二十一先狂打泰德一頓再說，然後哭著要媽媽珍妮佛幫忙把布偶洗乾淨。溫蒂一直哭。同樣是布偶，ＢＬＵＥ很同情麥克斯，她也希望如果不幸碰上相同遭遇時，會有人這麼珍惜她，為她難過掉淚。

這天晚上，王子和白馬的心情好極了。溫蒂最喜歡的布偶被弄髒，他們開心得要命。

「老實說，還滿痛快的。雖然泰德剛衝進來的時候嚇了我一大跳，但除了我們以外，要是他每天都來弄髒一個布偶就太好了。」

ＢＬＵＥ想反駁，不過終究沒開口。因為她腦中慢慢浮現關於泰德的一些事情。

坦白講，ＢＬＵＥ不大了解泰德這個孩子。自從來到卡勒斯家，她一次都沒看泰德笑過，不僅如此，也從沒看他哭過。不管溫蒂怎麼打他，他只是哀怨地望著姊姊，絕對不哭，和表情豐富的姊姊溫蒂給人的印象完全不同。

泰德只要稍有想觸碰布偶的舉動出現，溫蒂馬上氣沖沖，一副要打人的樣子，所以平常泰德都在別的房間玩，晚上則和爸爸媽媽一起睡。基本上，溫蒂禁止粗魯的泰德踏進兒童房，再加上下雨那天發生的事情，她更不願意讓泰德踏進房間一步。溫蒂就是這樣保護心愛的布偶。

甜甜圈吃到一半，麗莎突然問溫蒂：

「那個怪怪的布偶是什麼？」

BLUE發現她們提到自己，高興得差點沒跳起來。

「那個布偶嗎？那是爸爸買生日禮物給我的時候，店家附送的。爸爸說反正是免費的就帶回來了。」

「那她是愛德華和瑪麗的朋友嘍？」

溫蒂為心愛的王子和公主，分別取名為愛德華和瑪麗。

「才不是，那種布偶我才不要。」

「那不如送給泰德吧。」

聽到麗莎的提議，溫蒂的雙眼一亮。

「妳說得對！」

ＢＬＵＥ被溫蒂一把拎起，拿出房間外。

「這給你，以後不准再碰我的布偶。」

正在玩蠟筆的泰德，一把搶過姊姊手上的布偶。一開始ＢＬＵＥ搞不清楚狀況，以為這應該是暫時的，一定是溫蒂覺得弟弟沒有玩具很可憐，所以才將她借給泰德。因為泰德老是將爸爸媽媽買給他的玩具弄壞，家裡幾乎沒有他的玩具。ＢＬＵＥ被手上沾滿蠟筆顏色的泰德抓著，深信溫蒂過幾天就會來帶她回去。

但一天又過一天，溫蒂還是沒來帶她回去。ＢＬＵＥ的身上愈來愈髒，泰德一點都不覺得要愛惜姊姊送的布偶，一味粗暴地擺弄著ＢＬＵＥ。

當泰德抓住ＢＬＵＥ的兩隻手用力扯開的時候，ＢＬＵＥ覺得自己快要被拉破了。看到泰德用蠟筆在ＢＬＵＥ身上亂畫，珍妮佛卻一點都不生氣，只是對泰德說：「哇，畫得好棒！」

為什麼卡勒斯家的人，一點也不介意ＢＬＵＥ身上的髒污呢？ＢＬＵＥ並不覺得不對勁，而是在心裡畫了一個很大的問號。ＢＬＵＥ不安極了，這樣下去，哪天她被泰德弄壞，也不會有任何人在意。不過，ＢＬＵＥ很快拋開這種恐怖的想法，她相信沒人能平心靜氣地看著自己的禮物被破壞到那種地步。

ＢＬＵＥ的每一天，都像生活在地獄。不是被泰德使勁甩來甩去，就是被他的口水弄得全身黏黏的，卻無法逃走。珍妮佛不會幫ＢＬＵＥ洗掉身上的泥巴或食物的污垢，ＢＬＵＥ只好半夜偷偷跑到浴室清洗。不過，幾乎所有的污痕都洗不掉，她覺得自己真的好慘。

而且泰德個頭很小，單手抓著布偶的時候，布偶有一半會拖在地上。每次ＢＬＵＥ被帶到外面，雙腳就在地面摩擦，再這樣下去，腳上的布料遲早會磨破，身體裡面的棉花恐怕會掉出來。雖然布偶不會覺得痛，但一想到構成自己身體的布料可能會破，裡面的棉花還會散出來，ＢＬＵＥ就嚇得全身僵硬，動彈不得。

更嚇人的是，ＢＬＵＥ偶然看見恐怖的東西，那就是至今所有被泰德弄壞的娃娃和玩具殘骸。有一天，丹打開倉庫拿拖把，ＢＬＵＥ不巧看到裡面的情景。泰德從娃娃身上扭下的手腳和頭，在倉庫裡堆成一座小山，塑膠恐龍和迪士尼卡通人物的頭上，還清楚地留有泰德的齒痕。

這太可怕了！不管是什麼娃娃或玩具，沒有一個能夠逃過這個破壞狂的手掌心！ＢＬＵＥ嚇呆了，接著一股恐懼湧上。總有一天她也會被弄壞，伴隨

「砰」的一聲，被扔進那個大箱子吧。

幾天之後，ＢＬＵＥ腳上的布料終於承受不住長期的地面摩擦，破了一個小洞。如今ＢＬＵＥ身上已找不到乾淨的地方，好幾個縫邊都快綻開。這樣下去，ＢＬＵＥ被泰德拆成好幾塊只是時間的問題。

到了夜晚，等卡勒斯一家人都睡著，ＢＬＵＥ走去兒童房。通常珍妮佛在確認溫蒂睡著之後，只會將門輕輕掩上，所以ＢＬＵＥ可以溜進來找房間裡的大家。但ＢＬＵＥ發現王子和白馬似乎不太喜歡她踏進兒童房，所以她都只在房門口朝裡面張望。

起初，ＢＬＵＥ覺得自己腳上的破洞很丟臉，總是想辦法遮掩。因為不同於一天比一天骯髒的她，王子他們永遠都是漂亮又完美的布偶。有一次，四處跑來跑去的白馬發現了ＢＬＵＥ身上的破洞，牠覺得太好笑了，連破洞裡的棉花都看得到。而且，從破洞可看到ＢＬＵＥ身體裡的棉花並不是純白的。連日來的髒污早已滲透，ＢＬＵＥ連體內都微微泛黃。

「ＢＬＵＥ髒到骨子裡啦！哪像我的『內在』肯定是潔白的。雖然我自己也沒看過，但一定是潔淨美麗的純白哪！」

王子說完，和白馬一起嘲笑：「破洞鬼！破洞鬼！」

「喂，夠了吧。」

平常沉默的騎士難得開口，兩人終於靜下來。

「溫蒂什麼時候才會來接我？一直跟泰德在一起，我快撐不下去了。」

「ＢＬＵＥ，很遺憾，她不會去接妳了。」公主說。

「咦，為什麼？」

「當然是因為我們和妳不一樣啊！」白馬開心地笑了。

即使如此，ＢＬＵＥ還是沒放棄希望。她趁王子他們不注意的時候，偷偷抬頭望著床上睡得香甜的天使。

隔天，泰德在午睡，ＢＬＵＥ聽著身邊夫婦倆的對話。

「丹，多虧你帶回來那個奇怪的布偶，讓我輕鬆不少。」珍妮佛指著ＢＬＵＥ說。

「最近泰德好像常玩那個布偶。」

「是啊，反正不用錢，玩壞也沒關係。這孩子最近比較少在牆壁上亂畫，也不會破壞東西，所有力氣都花在這個布偶上。玩具只要一到這孩子的手上，就會立刻被弄壞，買玩具給他實在浪費，所以真的讓我輕鬆不少。」

這時，溫蒂進來了。

「溫蒂，這個布偶送給泰德沒關係嗎？」

「沒關係呀，爸爸。那個布偶一點都不可愛，我才不要。」

BLUE終於明白王子他們說的都是真的。

睡醒的泰德發明新的踩布偶遊戲，成果是BLUE身上的線又斷了一條。這樣下去鐵定會沒命，總有一天，她會被泰德支解成一塊塊，然後丟棄在那座玩具殘骸山裡。BLUE的腦海一直浮現這幕恐怖的畫面，揮之不去。

4

到底要怎麼做，溫蒂才會喜歡我？想讓那個天使般的孩子願意和我玩，該怎麼辦才好？夜裡，等大家都睡著以後，BLUE獨自坐在卡勒斯家的樓梯上苦思。

身為一個布偶，得到小朋友的愛就是BLUE活著的意義。除了被小朋友緊緊擁抱，她不曉得還能用什麼方式活下去。如果注定會被毀壞支解，就算只有一次也好，她希望溫蒂能夠像對待其他布偶一樣，理所當然地緊緊抱住她。

可是，要怎麼讓溫蒂喜歡自己呢？這個問題實在太難了。只要能夠找出解決的辦法，就能和其他布偶一樣獲得人類的愛，但她想破頭也想不出好辦法。

於是，ＢＬＵＥ決定去問公主的意見。在四個布偶裡，ＢＬＵＥ跟公主最能說得上話。公主不像王子或白馬，總是當面嘲笑她，也不像騎士那麼難以親近。ＢＬＵＥ很喜歡公主。

「真是傷腦筋……」

思考的時候，公主習慣一邊玩著她柔順的毛線頭髮。

「ＢＬＵＥ，妳記得白馬之前說的話嗎？」

「說我和大家不一樣的那件事？」

「對呀。譬如妳和王子，外表看上去完全不一樣吧。」

「哪裡不一樣？」

ＢＬＵＥ觀察著在房間另一頭玩耍的王子，還是十分困惑。

「你們的膚色不一樣，對吧？王子的皮膚是純白色，妳卻是藍色。如果妳的皮膚也是純白色，就能受到大家的喜愛。」

「對喔，只要和大家一樣就好啦！因為我的身體好多地方和大家不一樣，溫蒂才不願意和我玩！」

ＢＬＵＥ向公主道過謝，馬上走出房間。問題終於解決了。既然藍色的皮膚行不通，弄得跟大家一樣白就好了。

麵粉放在廚房最右邊的櫃子上。布偶的手掌是圓的，不適合精細的手工作業，但ＢＬＵＥ還是費了很大的力氣打開麵粉袋。三十分鐘後，一個全身純白、沾滿麵粉的布偶便完成了。

ＢＬＵＥ好開心，她現在和王子一樣白了，溫蒂一定願意和她玩。ＢＬＵＥ決定在兒童房門口靜靜等待天亮，希望溫蒂是第一個看到她的人。兒童房在二樓，於是全身沾滿麵粉的ＢＬＵＥ，一階一階地爬上懸崖般的樓梯。

＊

丹．卡勒斯睡得正熟，突然被妻子的尖叫聲吵醒。

「親愛的，快起來，家裡好像遭小偷了！」

丹揉著眼睛，連忙往珍妮佛所在的一樓廚房衝去。看到現場的慘狀，丹不禁睜大雙眼。整個廚房的地板上，撒滿白乎乎的麵粉。

「實在匪夷所思，現在的小偷窮到沒錢買麵粉了嗎？」

「不要開玩笑了，有小偷跑進我們家耶！」
「如果真的是小偷，一定是對麵粉情有獨鍾。」
「不是小偷嗎？」
「有什麼東西被偷了嗎？」
珍妮佛離開廚房去檢查皮夾。丹忍住呵欠，關上櫃子的門。突然間，他發現一地的麵粉上，有一點一點疑似小動物的腳印，一路延伸到樓梯。
果然是老鼠咬破麵粉袋。丹循著腳印走上樓梯，看到兒童房門口有個奇怪的東西。那是一個全身沾滿麵粉的藍色布偶，腳印到這裡就沒了。
丹撿起那個東西。原來是手腳都不一樣長，每次看到只覺得不舒服的布偶，怎會沾滿麵粉？昨天晚上不是擺在泰德身邊嗎？想起剛才看到的腳印，丹忍不住苦笑，搖了搖頭。怎麼可能，總不會是這個布偶留下的吧？
「親愛的，好像沒有東西被偷。」珍妮佛的聲音從一樓傳來。
大概是被一連串的騷動吵醒，兒童房的門打開，溫蒂出現了。
「爸爸早安，這是什麼？哇，是我給泰德的布偶！泰德怎麼又弄得這麼髒？不過反正不是我的，無所謂。」

麵粉策略失敗了，ＢＬＵＥ並不氣餒，她相信除了把皮膚變白之外，還有很多方法可以讓自己和大家看起來一樣。只要變得和王子他們一樣，人們一定會喜歡她。

＊

這天晚上，ＢＬＵＥ仔細聽著泰德的鼻息，確定他真的睡著才展開行動。要是吵醒泰德就慘了，ＢＬＵＥ每個動作都不能有閃失。泰德睡前總是喜歡徒手勒著布偶的脖子，所以上床之後ＢＬＵＥ有好一段時間都是動彈不得的狀態。

ＢＬＵＥ在廚房尋找接著劑的時候，後面突然有人叫喚她。回頭一看，騎士一臉無奈地站在她的身後。ＢＬＵＥ馬上明白騎士為什麼到廚房來。今天下午，麗莎幫他做的劍不見了，他應該是來找劍。溫蒂她們常常把玩具丟著，又跑去別的地方玩，所以這種掉東西的狀況經常發生。幫主人找出這些東西，也是布偶們的一項小小任務。

「怎麼樣？找到劍了嗎？」ＢＬＵＥ問。

騎士意興闌珊地回答：

「有沒有那種東西都無所謂吧，只會礙手礙腳而已。」

「別這麼說，那是麗莎特意幫你做的。」

騎士盯著ＢＬＵＥ的手說：

「這次妳又想做什麼？」

ＢＬＵＥ給騎士看她剛才收集到的一把黃色棉線。那是ＢＬＵＥ吃力地拿著巨大的剪刀，從拖把上剪下來的。

「我要用接著劑把這些黏到頭上，這樣我就和公主一樣有黃色頭髮了。你看我的頭髮，又黑又亂。如果我也變成黃色頭髮，溫蒂一定會喜歡我。」

騎士交抱起細長的雙臂，定睛注視ＢＬＵＥ。他的手腳被設計得比其他布偶長，個頭也很高。

「不是我想澆妳冷水，可是ＢＬＵＥ，就算妳把這些玩意黏到頭上也是白忙一場，還是放棄吧。」

「這是公主說的啊。她說如果我有白皮膚，溫蒂就會喜歡我。我想變成和大家一樣。」

「那傢伙只是在戲弄妳。」

「你為什麼要這麼說？公主是好人哪！」

聽到ＢＬＵＥ如此回答，騎士一臉遺憾，沉默地離去。

隔天早上，珍妮佛發現ＢＬＵＥ頭上黏著黃色的拖把棉線。當然，ＢＬＵＥ依舊沒得到溫蒂的喜愛。

泰德皺著眉，拔下ＢＬＵＥ頭上的黃色假髮。泰德似乎很生氣，這是ＢＬＵＥ到卡勒斯家之後，第一次看到泰德這麼強烈的情感表達。她非常訝異，泰德為什麼生氣？拖把棉線做成的頭髮，真的這麼醜嗎？就算頭髮變成黃色，大家還是不喜歡她嗎？這次模仿公主失敗，又想起騎士說的話，她漸漸不是那麼肯定自己能變得和大家一樣了。

不過第二天，ＢＬＵＥ又想試試變成騎士的均衡體格，好吸引溫蒂。於是她從倉庫的玩具殘骸堆裡，挑出看起來不錯的手腳，用接著劑黏到自己身上。ＢＬＵＥ的手腳長度不一，所以她把娃娃的手腳，接到自己矮短的手腳上。她認為只要雙手雙腳一樣長，就會得到喜愛。不過，當然還是失敗了。

接著，她又模仿白馬。ＢＬＵＥ想起以前，麗莎和白馬玩的時候說過一句話：

「我最喜歡白馬的眼睛了，因為比其他布偶的眼睛都大。」

白馬的眼睛是黑色的塑膠眼睛，宛如漂亮的黑珍珠。為了縫製成馬的模樣，唯獨白馬的臉必須比其他的人形布偶小一點，相對地，眼睛看起來就比其他布偶大。

然而，BLUE的眼睛卻是用油性簽字筆畫出來的，只是兩個黑點。她從未質疑過為什麼自己跟大家都不一樣，現在卻突然覺得自己的眼睛長成這樣很丟臉。所以，她趁半夜找出玻璃彈珠，用接著劑黏到臉上。BLUE心想，黏上又大又漂亮的玻璃彈珠，就會得到大家喜愛，但她又失敗了。

不論是黏上其他娃娃的手腳，或是黏上玻璃彈珠，泰德都是二話不說，立刻拔下來扔掉。而且，改變造型的BLUE只會讓人覺得不舒服，尤其是珍妮的反應格外強烈。除了麵粉那一次以外，每次最早發現BLUE的都是珍妮，她一直覺得是有人在惡作劇。

丹卻對這個每天都會變成不同樣子的布偶起了興趣。可是，每次只要他想拿BLUE來仔細研究，泰德必定會抓起布偶在屋子裡竄逃，說什麼都不肯把BLUE交給爸爸。

一天下午，ＢＬＵＥ被泰德拖去附近公園玩。卡勒斯一家住在相同外觀的房屋比鄰的住宅街上，公園就在住宅街的正中央。由於離家非常近，即使泰德一個人去公園玩，珍妮佛也不太擔心。ＢＬＵＥ每天都被泰德帶到公園，埋進花圃。泰德喜歡像小狗一樣在地上挖洞，然後把東西埋進去。

這段時日，ＢＬＵＥ相當害怕泰德。他不像姊姊有那麼豐富的表情，總是不發一語地注視著別人，一般人從外表應該都看不出他在想什麼。而且，他又不懂得控制拿東西的力道，抓到手的東西幾乎必壞無疑。所以，只要看到兒子手伸出去想要抓東西，珍妮佛就會立刻把東西拿走。唯一允許泰德拿的，只有這個損壞也不心疼的免費怪布偶。

泰德像平常一樣，拿著ＢＬＵＥ到處揮舞著。突然間，他掐著ＢＬＵＥ脖子的小手鬆開，ＢＬＵＥ滑落到地上。ＢＬＵＥ納悶地抬頭看全身僵直的泰德，她馬上明白發生什麼事，一頭黑狗站在公園入口，盯著這邊。對ＢＬＵＥ和泰德來說，這隻黑狗簡直就是一頭巨大的怪物。

黑狗的脖子上戴著紅色項圈。項圈上繫著粗鐵鏈，但鐵鏈的另一頭卻不見主人拉著。黑狗每走一步，在地上拖行的鐵鏈便發出「鐺鋃鐺鋃」的恐怖聲響。黑狗看起來心情不太好，盯著泰德嗚嗚低鳴，牙齒若隱若現。

泰德拋下布偶，逃往立體方格架，黑狗旋即追上去。黑狗的鐵鏈拖行經過躺在地上的ＢＬＵＥ身旁，她驚恐到全身的布料都僵住了。

千鈞一髮之際，泰德逃上立體方格架。然而，黑狗還是不斷發出低鳴，在方格架下面瞪著泰德，一點離開的意思都沒有。ＢＬＵＥ發現黑狗打算等泰德下來。

ＢＬＵＥ不知道該怎麼辦才好。如果不去找人來幫忙，泰德就太可憐了，可是又不能讓人知道她會動。除了繼續躺在地上，其他的行為都是不被允許的。

ＢＬＵＥ那雙用油性簽字筆畫的眼睛，清楚看到方格架上一動也不動的泰德。他的表情和平常一樣沒什麼變化，ＢＬＵＥ卻注意到他緊緊抓著方格架的欄杆，小手都泛白了。

ＢＬＵＥ心中湧起一股說不上來的情緒，明明剛才還覺得泰德恐怖至極，現在卻突然好想保護他。ＢＬＵＥ恍恍惚惚地站起，走過去朝那頭流著口水、瞪著泰德的黑狗鼻子上，狠狠揍了一拳。ＢＬＵＥ是棉花做成的，那一拳毫無威力。不過，這個突如其來的舉動嚇了黑狗一跳。黑狗後退幾步，隨即改變目標。黑狗銳利的牙齒狂咬著ＢＬＵＥ的身體，儘管如此，ＢＬＵＥ仍感到非常滿足。因為就在黑狗的注意力轉向她的同時，泰德從方格架的另一側爬下來，逃出了公園。

幾分鐘後，飼主回公園帶走黑狗了。BLUE被丟在地上，胸口遭黑狗咬出一個大洞，裡面的棉花眼看就要掉出來。這個大洞和BLUE腳上破的小洞不一樣，是很嚴重的傷。

BLUE覺得好累，不知自己會不會就這麼腐爛。泰德走了，也不可能有人特地過來把這麼髒的布偶撿回去。模糊的意識裡，BLUE莫名想起凱莉。

凱莉是創造出他們的人，也是他們的老師。他們從凱莉那裡學會閱讀文字和一般該有的常識。被賣去林的古董店之前，大家每天都開心地生活在一起。那段時光什麼煩惱也沒有，BLUE和其他的布偶也沒什麼不同，大家總是玩在一塊。為什麼到了現在，只有自己是不一樣的呢？好想見凱莉。如果能和以前一樣，大家一起玩大富翁遊戲，該有多好。BLUE很想哭，但布偶沒有淚腺。

BLUE仰躺在地上，眼前的紅色天空突然出現泰德的身影。泰德撿起布偶，將快要掉出來的棉花塞回去，然後用手指堵住破洞。BLUE沒想到泰德會來把自己撿回去。

回到家之後，泰德拿出玩具徽章胸針，將ＢＬＵＥ身上被狗咬破的洞別了起來。雖然只是簡單的補救措施，不過足以防止棉花掉出來了。ＢＬＵＥ最訝異的是，泰德居然想得到這個好主意。在王子他們的口中，泰德一直是個又壞又無知的小孩。

泰德應該目睹了ＢＬＵＥ在動的那一幕，卻什麼反應也沒有，ＢＬＵＥ甚至懷疑他是不是什麼都沒瞧見。別在胸前的徽章ＢＬＵＥ看了又看，心中充滿對泰德的感謝。這枚原本只是零食贈品、有點生鏽的老舊別針，頓時成為ＢＬＵＥ的寶物。這是泰德特別為她別上的徽章，每次看著徽章，滿是傷痕的身體裡就會湧起一股不可置信又幸福的情緒，怎麼看都看不膩。

發生那一次意外之後，泰德變得不那麼粗魯了，或者該說是漸漸懂得如何控制力道了吧。雖然他依舊不笑也不哭，帶著布偶走路還是有一半會拖在地上，不過ＢＬＵＥ感覺得到，他的小手觸感和以前有微妙的不同。

雖然泰德什麼也沒說，但他對待布偶的態度，和先前判若兩人。跟以前相比，這樣的變化只能用「奇蹟」來形容。看電視的時候，他還會讓ＢＬＵＥ坐在旁邊，讓她也看得到電視。溫蒂總是笑他：

「布偶又不會看電視。」

不過，ＢＬＵＥ已看到把整個星期的電視節目表都背下來。在古董店的時候也常看電視，但和泰德一起看的電視節目特別好看。

ＢＬＵＥ覺得好滿足，內心好平靜。以前泰德的每一個舉動都令她心驚膽跳，現在即使泰德用沾滿口水的手摸她，她也不介意了。這個小男孩從早到晚都和布偶ＢＬＵＥ黏在一起，走到哪裡都帶著ＢＬＵＥ。而ＢＬＵＥ對溫蒂的執著似乎也成了遙遠的往事，她默默祈禱這樣美好的時光能持續到永遠。

ＢＬＵＥ還發現一件事，她似乎是泰德唯一的私人物品。泰德不但沒有其他玩具，鄰居的小孩裡也沒有一個稱得上是朋友。丹和珍妮佛平常總是放他一個人自己玩，心思全在女兒的身上。一想到這些，ＢＬＵＥ更希望能永遠陪在泰德身邊，不再分開。

某個星期日，泰德一如往常拖著ＢＬＵＥ去公園玩。彷彿希望布偶也玩得開心，泰德讓ＢＬＵＥ從溜滑梯上往下滑，還讓ＢＬＵＥ坐盪鞦韆。雖然公園裡有些帶孩子來玩的家長，對泰德不可思議的行為指指點點，但ＢＬＵＥ覺得自己好像變成真人，玩得十分盡興。

然而，在家裡等著泰德的，卻是脹紅了臉、氣沖沖的溫蒂。才踏進玄關，溫蒂便一把扯住泰德的頸子，不顧泰德奮力的掙扎，把他拉上二樓。年幼的弟弟力氣還小，抵抗不了姊姊。

一上到二樓的樓梯口，溫蒂就把全身淋滿柳橙汁的麥克斯，擺到泰德的面前。

「泰德，這是你弄的吧！真是太過分了，為什麼你每次都這樣？」

溫蒂眼眶含淚，歇斯底里地大喊。從溫蒂的說詞裡，ＢＬＵＥ大概整理出究竟發生什麼事。

溫蒂本來在兒童房玩，柳橙汁喝到一半就擺著下樓去了，沒想到大約二十分鐘後回房間，就看到大熊麥克斯倒在地上，全身都是柳橙汁。溫蒂認為一定是有人趁她離開房間的時候，闖進來幹的好事。若真的有人蓄意惡作劇，同樣身為布偶的ＢＬＵＥ也覺得太惡劣了。

溫蒂很確定凶手是泰德，因為她不在兒童房的時候一直和丹還有珍妮佛在一起，凶手除了泰德不會有別人。但ＢＬＵＥ知道凶手不可能是泰德，他們剛才一直在公園玩，泰德沒時間幹這種事。

「你還不承認嗎？我早就知道是你弄的！我也很清楚你為什麼會這麼做，

因為你嫉妒我的麥克斯！爸爸什麼都不買給你，還不都是你的錯？誰教你弄壞那麼多玩具，所以你只能和那個怪布偶一起玩！」

溫蒂手一揮，原本緊緊抱在泰德胸前的ＢＬＵＥ便飛了出去，沿著樓梯一階一階地滾到一樓。ＢＬＵＥ著地時面朝上，剛好能夠看見在二樓的樓梯口的姊弟倆。

ＢＬＵＥ非常焦急，能夠證明泰德不是凶手的只有她，然而她卻躺在這裡什麼都不能做。泰德遇上大麻煩，但她如果沒忍住採取行動，就會被退還給古董店。這麼一來，她和泰德就必須分開了。

「溫蒂，妳在二樓嗎？媽媽要幫麥克斯洗澡了，趕快過來。」珍妮佛從一樓的浴室走出來，勸道：

「好了啦，泰德在反省了。而且泰德那麼小，還不會分辨什麼是對、什麼是錯呀。」

珍妮佛站在樓梯旁，仰頭望著二樓。溫蒂拿起大熊往泰德的臉打下去。應該是不會痛吧，但泰德因此失去重心，一腳踩空，小小的身體就這樣摔下來。

一瞬的時間彷彿被拉長，一切猶如錄影帶的慢動作重播，在ＢＬＵＥ的眼前播放。一旁響起珍妮佛的尖叫聲。

泰德頭下腳上地往下掉，恐怕會頭先著地。凱莉以前曾諄諄教誨，人類的頭部絕對不能受到重擊。於是，ＢＬＵＥ瞬間採取了行動。

男孩撞擊到地面的聲音響徹卡勒斯家，接著是一、兩秒的沉默。

丹連忙衝了過來。

「怎麼了？發生什麼事？」

在二樓的溫蒂「哇」地一聲哭了出來。哭聲大到連被夾在泰德的頭和地板之間、壓得扁扁的ＢＬＵＥ都聽得一清二楚。

「泰、泰德從樓梯摔下去了……」

嚇到腿軟的珍妮佛只吐出這句話，丹衝上前查看仰躺在樓梯下方的兒子。

「沒事了，孩子似乎沒受傷。從這麼高的地方掉下來居然沒受傷，真是奇蹟。嗯，意識很清楚，也沒哭，太幸運了。還好這個布偶恰巧掉在這裡當緩衝，泰德才沒直接撞到頭。」

泰德自己站了起來，一句話也沒說。ＢＬＵＥ很擔心他是不是真的沒事，不過看樣子只是走路有點不穩。

「珍妮佛，怎麼了？還是很害怕嗎？妳看，泰德沒受傷。」

丹把手放上妻子的肩，嚇得全身僵硬的珍妮佛說：

「不是啊，我看到了！泰德掉下來的瞬間，那個怪怪的布偶突然動了起來，像要過去接住泰德一樣！」

*

騎士從兒童房的窗戶往外看，他的塑膠眼睛映出緩緩駛離卡勒斯家的車子。坐在車裡的應該是這家的主人丹，和即將被丟掉的ＢＬＵＥ。

事情發展到這個地步，騎士覺得非常遺憾。

大熊麥克斯事件引起的一連串騷動，在兒童房裡的騎士全都聽到了。包括珍妮佛目睹ＢＬＵＥ移動的那一刻，騎士幾乎是繃緊全身的布料，生怕漏聽外頭的任何一點狀況。

對於妻子指證布偶會動這件事，丹意外地冷靜接受了。騎士覺得丹的冷淡反應有點奇怪，或許丹早已有所察覺。

最後，丹決定不將ＢＬＵＥ退回古董店，而是丟到很遠的地方。騎士以為這樣算是幸運了，最糟糕的情況，可能被一把火燒掉。不過，珍妮佛非常害怕會引發布偶的詛咒，ＢＬＵＥ才得以逃過火刑。

丹的車子已遠去。騎士回想起最近的ＢＬＵＥ，看起來比以前快樂許多，最後還是這樣的結局，實在很遺憾。

騎士並不討厭ＢＬＵＥ。雖然她的容貌和大家不一樣，但騎士不太在意這種事。ＢＬＵＥ個性化的長相和減料的縫製，經常成為王子他們的笑柄，ＢＬＵＥ不在場時，連公主都會加入取笑ＢＬＵＥ的行列，騎士覺得那有什麼好講的。不過，儘管同情ＢＬＵＥ，騎士卻很少主動找她講話。當大家都在嘲笑ＢＬＵＥ的時候，騎士為了保護自己不受排擠，必須附和大家。於是，騎士只能從ＢＬＵＥ青色的臉上別開視線，以稍稍減少他對ＢＬＵＥ的同情。

這陣子的ＢＬＵＥ似乎終於得到幸福，騎士莫名安心許多。雖然王子、公主、白馬反倒很不痛快，騎士卻有種胸中淤氣一掃而空的感覺。

「其實啊，那個女孩不在我真是鬆了一口氣。」騎士身旁的公主說：

「每次看到她，我就忍不住有氣。之前她還想學我，實在令人渾身不舒服。沒想到她會全盤接受我的建議，早知道就直截了當告訴她：『妳怎麼做都是白費力氣。』」

「幸好只有她被送走，還以為我們會被拖下水。」

王子反覆說著「還好、還好」，白馬卻發出咕噥：

「不過，她應該不會再跑回來吧？要是那傢伙真的回來了怎麼辦？」

「如果她回來麻煩就大了，絕對不能讓人類發現還有會動的布偶。我們可能要先想好一些防範措施，否則哪天她跑回來就糟了。」

「可是，BLUE那天在人類面前移動，是為了保護無辜的孩子不要受傷，這不是值得稱許的行為嗎？」騎士對其他三個布偶說。

騎士曉得泰德是無辜的。因為當王子他們把果汁倒在麥克斯身上的時候，騎士就在旁邊，但是他並沒有阻止大家。

「你在說什麼啊？像她那種瑕疵品，要是稱讚她，只會讓她得意忘形。」公主糾正騎士。

騎士很討厭公主。公主非常嫉妒溫蒂最疼愛的麥克斯，把麥克斯弄髒再嫁禍給泰德的主謀就是她。只要是比自己受寵的布偶，公主都會故意把他們弄髒或丟掉，好讓自己在溫蒂心中的排名再前進一點。而且，她常把騎士當自己的侍從使喚。騎士不想引起無謂的風波，總是默默聽命於她。

騎士反省至今的行為舉止，是不是應該對BLUE好一點呢？他想起昨天晚上看見BLUE的身影。

BLUE坐在樓梯上，一臉滿足地望著胸前的徽章。騎士十分納悶，那個徽章一點也不起眼，為何ＢＬＵＥ會這麼珍惜？

她甚至不時伸出手，摸一摸胸前的徽章，彷彿確定徽章真的別在胸前才能放心。騎士實在無法理解。之前麗莎幫他做的劍不見的時候，他根本完全不在意。看來，ＢＬＵＥ的徽章與他的劍，在各自心中的分量似乎是不同的。

幾天前的一個夜裡，ＢＬＵＥ在垃圾桶內找到騎士被丟棄的劍，特地拿來給他。

「來，你的劍。一定是珍妮佛不小心丟進垃圾桶了，還好有找到，真是太好了。」

但騎士一點都不高興。ＢＬＵＥ全身髒兮兮，一看就知道她為了那把紙做的劍翻遍整個家，最後才在垃圾桶內找到。ＢＬＵＥ遞來的劍，騎士遲遲沒伸手去接。

「怎麼了？太開心了嗎？這是麗莎特地幫你做的，不能再弄丟了喔！這把劍代表有人把你放在心裡呀。」

騎士很清楚把劍丟進垃圾桶裡的人，也是公主，但他依舊瞞著ＢＬＵＥ。

雖然身為「騎士」，不過他開始思考，自己會不會搞錯了應該追隨的對象。

＊

ＢＬＵＥ確定丹的車子遠離後，從垃圾桶裡逃了出來。四下很暗，眼前的馬路偶爾有些車子亮著車燈駛過，人行步道旁，店家的招牌燈也全熄了。

ＢＬＵＥ坐在垃圾桶邊緣，思考自身的處境。好不容易和泰德成為好朋友，卻硬是被拆散，ＢＬＵＥ覺得心好痛。

不過，只有她被丟掉，已是不幸中的大幸。因為是她不聽林的話，被人類看到自己在動，本來連王子他們也可能一併被丟掉，現在這樣真的已是萬幸。

但ＢＬＵＥ不後悔在珍妮佛眼前採取行動。她為卡勒斯家做過的唯一一件好事，就是保護泰德沒在意外中受傷。

ＢＬＵＥ小心翼翼地不讓人類發現，一邊避開地上的泥水坑，一邊走著。她想找到公車站牌，搭車回林的古董店。雖然身上沒錢，不過只要不被發現，應該不用給錢吧。

ＢＬＵＥ身上多了那個被狗咬破的大洞，走路的樣子比以前更怪了。雖然有徽章把洞堵住，但走路的動作還是不太正常。而且在受傷之後，ＢＬＵＥ發出的那種只有布偶之間聽得見的說話聲，比以前摻雜更多雜音。

她再次看了看自己的身體。腳的布料磨破，開了好幾個洞，到處都是污漬，會被丟掉一點也不奇怪。ＢＬＵＥ想起泰德，不知道珍妮佛會不會買新的玩具給他？泰德的年紀還這麼小，如果媽媽買禮物給他，他一定會開心得不得了。拖著殘破不堪的身體走在黑暗的路上，ＢＬＵＥ想像著泰德開心的模樣，不禁露出微笑。如果能得到一個全新的布偶，而不是像自己這樣髒兮兮的，泰德會很高興吧。

這時，ＢＬＵＥ突然胸口一緊，幾乎無法呼吸。雖然布偶本來就不會呼吸，但正是那種感覺。ＢＬＵＥ終於明白，這股胸悶的感受就是悲傷。雖然以前也曾心生悲傷，不過這次不一樣。

這是怎麼回事？這種感受是從布和棉花做成的身體裡的什麼地方湧出？ＢＬＵＥ甚至為這股翻攪的心痛感動不已。王子和公主是不是也曉得，世上存在著這樣的情感？

ＢＬＵＥ在公車站找到了開往卡勒斯家的公車。此時她才醒悟到，這份悲傷來自胸前的這枚徽章。

5

用完早餐，丹打算抽根菸，卻發現打火機忘在辦公室了，於是問珍妮佛火柴放在哪裡。珍妮佛帶著重重的黑眼圈，趴在餐桌上，丹叫了兩次她才回過神。自從三天前兒子從樓梯上摔下來，她每晚都做惡夢，夢見被那個布偶追著跑。

「妳說的那裡我找過了，沒看見火柴。」

「不可能，你再找仔細一點，真的放在那裡呀！你是不是又覺得我在說謊？布偶那件事，你根本不相信我，對不對？」

珍妮佛又開始敘述那天看到的景象。布偶彷彿有生命似地用雙腳走路，聽起來真的很不舒服。從那天起，她就像鸚鵡一樣不斷重複這個話題，不知說過多少次了。

「我從沒說不相信妳啊，我只是不在意這種事。而且，我曉得妳很害怕，所以好幾天前就特地把那個布偶丟到很遠的地方了，不是嗎？我們不要再提這件事了吧，那個布偶早就不知道在哪個焚化爐裡燒成灰燼。坦白講，之前我老覺得那個布偶會動，八成是肚子裡有裝發條或馬達之類的東西。」

「光靠發條不可能做出那種動作，簡直就像真人一樣。還是我那天真的太累了？我是在做夢嗎？」

丹聳了聳肩，說：

「明天全家一起去買個東西，放鬆一下吧，該買新玩具給泰德了。自從扔掉布偶以後，那孩子似乎滿寂寞的。」

丹想起兒子在家裡不停尋找那個布偶的景象。他無法理解那個布偶究竟有什麼好。

「親愛的，你真的把那東西丟掉了吧？是真的丟到離家很遠很遠的垃圾箱了吧？你確認過真的丟進垃圾箱了嗎？」

珍妮佛的不安全寫在臉上，相同的問題她問了不下數十次。昨天一整天都在重複回答這幾個問題的丹，已成為安撫珍妮佛的專家。看來，珍妮佛到現在還是覺得那個布偶很可怕。

不過，丹不覺得那個布偶有多邪惡。確實，那詭異的外貌看起來滿邪門，但從珍妮佛的敘述聽來，布偶似乎是為了保護泰德才會突然動起來。

丹打消抽菸的念頭，在沙發上抖著腿，打算看報紙。瞥見身旁的泰德抱著膝蓋，死命盯著電視螢幕，丹的心情有點複雜。這陣子泰德的身旁總是跟著那個布偶，現在布偶卻被他丟了，總覺得是自己害兒子變得這麼孤單。

這時，泰德突然起身跑到窗邊。

「怎麼啦？」

泰德還不會說話，只是歪著頭指著窗口。

「那裡有什麼東西嗎？你該不會想說，那個布偶在那裡吧？」

泰德點點頭。丹不確定是什麼意思，他想了一下，打開窗戶看了看，什麼也沒有。

「你的意思是，那個藍色布偶躲在窗邊偷看我們嗎？」

看著點頭的泰德，丹很後悔平常沒多看一些兒童心理分析的書。這樣下去，以後只要看到藍色的東西，泰德可能都會以為是他的布偶。

珍妮佛在院子裡整理菜圃，看見丹一副傷腦筋的樣子，隔著窗戶問他發生什麼事。

「沒事、沒事。」先安撫珍妮佛要緊。

但一個鐘頭之後，珍妮佛尖叫著衝進客廳。

丹被妻子拉到院子裡，往栽種蕃茄的那一區探頭一看，終於知道妻子為何發出這麼淒慘的尖叫。那個應該已被丟掉的布偶，全身髒兮兮地躺在熟透的番茄下方。

珍妮佛昏了過去，丹先扶她到床上休息，然後把布偶藏進走廊旁倉庫的最深處。他決定瞞著泰德這件事，還得先想好說詞，等珍妮佛醒來就告訴她一切都是夢。

丹翻遍電話簿，卻找不到那家古董店的電話號碼。丹心想，或許那個女店主把承載小型人工智慧系統的最新型咒術娃娃，免費送給客人，藉此進行商品調查。果真如此，這個咒術娃娃的性能可說是零缺點。

*

光線從縫隙間射進倉庫，ＢＬＵＥ才發現天亮了。自從昨天被關進這裡，已過二十四小時。昨天屋裡起了一陣騷動，沒多久全家人外出，屋裡又恢復寂靜。自己會不會就這樣一直待在倉庫裡，被所有人遺忘呢？ＢＬＵＥ不安起來。她好幾次試著想打開倉庫的門，但以一個布偶的力量不可能成功。自己將被如何處置呢？她壓根不敢奢望能夠重回卡勒斯家的懷抱。

「喂，BLUE，妳在哪裡？是不是躲起來了？」
「BLUE，妳在哪裡？」
遠處傳來白馬和公主的聲音。起初BLUE簡直不敢相信自己的耳朵，等到再次聽見他們的呼喚，BLUE才趕緊大叫，告訴大家自己在倉庫裡。
「BLUE，原來妳躲在這種地方啊。我就知道妳一定在這房子的某處。」
王子的聲音從倉庫的門縫傳來。雖然看不見外頭，不過從聲音判斷，門外四個布偶都到齊了。大家一起使力，總算推開門，BLUE終於被放出來。
「你們怎麼知道我回到家裡了？」
「我們擔心得要命，看到妳平安無事真是太好了。難怪昨天樓下鬧烘烘的，不曉得發生什麼事情，果真是因為妳呀。我就知道妳一定會回來。」公主溫柔地摸著BLUE的頭說。
「本來我沒打算回來，但實在放心不下泰德，想躲在遠處偷偷看他就好，沒想到卻被發現。是真的喔。」
「好了、好了，我們都知道。」
「可是，我被珍妮佛發現會動，你們是不是生氣了？你們是不是氣我又跑回來？」

「我們沒生氣呀，ＢＬＵＥ。」

「昨天我差點就被泰德發現，嚇得我趕緊躲起來。我躲到番茄株下方的陰暗處，但珍妮佛剛好就在那邊，我真的不是故意的！而且，弄髒麥克斯的人也不是泰德，那天我一直和他在一起，所以我知道。一定是別人弄的！」

「ＢＬＵＥ，好了，我們知道了。」

公主說完，便像要安慰ＢＬＵＥ似地將她擁進懷裡。ＢＬＵＥ這些日子以來的不安和難過瞬間煙消雲散，連肚子裡的棉花也彷彿舒展開來，感覺好安心。

「好了，ＢＬＵＥ，一起回兒童房吧。」王子說。

ＢＬＵＥ不敢相信自己的耳朵。

「你們要讓我進房間？」

「當然啊，我們不是同一國的嗎？」

白馬用鼻尖推著ＢＬＵＥ往樓梯走，ＢＬＵＥ感動得說不出話。

「不過，今天大家這樣四處走動沒關係嗎？現在還是白天耶？溫蒂他們呢？」ＢＬＵＥ一面爬上樓梯，一面問。王子說：

「他們出去逛街買東西了，所以絕對沒問題。啊，妳的身體好潮溼，兒童房的日照很好，在那裡把身體晒乾再合適不過。平常沒人在家的時候，我們都會這麼做。」

兒童房裡充滿溫暖的陽光，ＢＬＵＥ幸福到頭都要暈了。有好一會，ＢＬＵＥ想起自己是從街上冰冷的垃圾箱回到家，現在站在這裡，簡直像是一場夢。從窗外透進房裡的陽光，把空氣中的灰塵照得閃閃發亮。麥克斯也在房裡，溫蒂喜愛的每個布偶仍擺滿四周。ＢＬＵＥ想起自己也曾夢想成為其中的一分子，如今願望實現，她卻呆立在原地，太過幸福了反倒有點可怕。

布偶們在散亂一地的書本等障礙物之間忙碌穿梭，推著附滾輪的兒童椅或餅乾盒子之類，要不了多久便堆出一個可爬上外窗窗台的小階梯。只有騎士從剛才便不發一語。

「外窗窗台的這個位置，日照最好了。」

公主說完，熟練地爬上盒子和椅子堆成的階梯，站到窗台上的一個盆栽旁。做日光浴實在是個好主意，這幾天一路奔波折騰，ＢＬＵＥ全身連手掌都溼溼悶悶的，真想一口氣讓身體裡的水分蒸發掉。

「ＢＬＵＥ，妳累了吧？我看妳不要爬樓梯，我們用繩子把妳拉上來好了。來，妳到那邊去。」

「拉我上去？不用啦，我自己爬上去就好了。」

公主這麼善解人意，ＢＬＵＥ反倒害羞起來。不過，王子和白馬不知從哪裡找來毛線，開始纏到ＢＬＵＥ身上。騎士斜眼看著他們，走到公主的身旁。

「欸，不用纏那麼多圈吧，這樣就無法動彈了。」

「哎呀，別這麼說，要是拉到一半掉下來，可是很痛的。」

「布偶才不會痛吧。」

白馬只是一逕地把繩子纏到ＢＬＵＥ的身上，於是動彈不得的ＢＬＵＥ被騎士和公主拉上日照充足的窗台。

從打開的窗戶吹進溫暖的風，真的很舒適。陽光暖和了冰冷的藍色布料，連身體裡的棉花都能感受到幸福。雖然沒人幫忙把身上的毛線解下來，但ＢＬＵＥ一點也不介意。

過了一會，ＢＬＵＥ全身上下都晒乾了。凱莉教過他們，這麼做可以殺菌，等於也保護了布偶的小主人。

「為什麼選在這個窗台做日光浴呀？房間另一頭不是有個地方也很適合嗎？」ＢＬＵＥ問王子。

「當然是這裡比較好，因為燒剩的灰燼能直接丟到窗外。」
「燒剩的灰燼？要在這裡燒什麼？」
「我們要燒垃圾啊，灰燼要是留在房裡就糟了。」
「什麼？布偶不可以自己點火啦！對了，是不是可以幫我解開毛線了？不然身上會留下痕跡。」
ＢＬＵＥ拜託騎士幫忙，但騎士只聳聳肩。
「ＢＬＵＥ，妳現在覺得幸福嗎？」公主問。
ＢＬＵＥ點點頭說：
「感覺很溫暖，身體也熱呼呼的。我可以繼續留在這裡嗎？還是一定要在珍妮佛他們回來之前回倉庫？我現在好想見泰德。」
「如果妳不想回倉庫，不回去也沒關係呀。」
「真的嗎？我最喜歡公主了！公主最好了！我一直希望有一個像公主這樣的姊姊，像電視連續劇演的一家人裡，會出現的真正的姊姊。公主，我能叫妳姊姊嗎？」
「ＢＬＵＥ啊……」公主一臉遺憾地說：
「實在礙難從願。」

一時之間，BLUE沒意會過來公主是什麼意思。

「妳會感到訝異也是無可厚非。不過BLUE，聽好，我最討厭妳了，看到妳就想吐。」

公主說完還搗著嘴，「噁」了一聲，裝出嘔吐的樣子。

「公主，妳在說什麼？妳明明就對我那麼好，不是嗎？」BLUE花了好大的工夫才擠出這句話。

「因為和妳在一起，才會突顯我的可愛。」

公主一下命令，騎士便從窗簾後方拿出火柴。BLUE有種不好的預感，拚命想掙脫身上的毛線，卻是白費力氣。

「我現在要用火柴燒掉垃圾了喔，BLUE。」白馬制住奮力掙脫的BLUE，低聲地說。

「什麼垃圾？」

「兒童房裡的垃圾，除了妳還有誰？」王子的語氣彷彿在曉諭庶民。

「我不要，快住手！你們為什麼要這麼做？我好怕，救命啊！」

BLUE恐懼到全身縮成一團，白馬卻似乎快活得不得了，笑嘻嘻地在

ＢＬＵＥ身邊不停打轉。先前她感受到的幸福，早已消失殆盡。

「公主，妳一直都很討厭我嗎？真的是這樣嗎？妳是騙我的吧？」

「妳以為我在騙妳？我也很討厭那個叫泰德的男孩，髒死了。他摔下樓那天，我真希望他就這麼摔死。我也很討厭那隻大熊布偶，還有其他的布偶！溫蒂是我一個人的！」

「把果汁倒在麥克斯身上的是妳嗎？」

「那個安排非常棒吧！」

聽到公主的笑聲，ＢＬＵＥ感受到有生以來最強烈的恐懼。她知道公主真的打算放火燒了她。

「救命啊！幫我解開毛線！」ＢＬＵＥ向騎士求救。

「欸，做到這種程度就夠了吧，沒必要為她花那麼多力氣，放火燒完再來善後吧。」

「不，燒了她。」

公主簡短回答，騎士只好聳聳肩說：

「妳聽到了吧？真是令人惋惜啊。」

於是，公主和騎士合力點燃火柴。想也知道，布偶的手不適合點火柴，只見公主扶著火柴盒，騎士再用修長的雙手抓住火柴棒，俐落地劃過。ＢＬＵＥ第一次這麼近距離看到火。火苗魄力十足，ＢＬＵＥ嚇得完全無法動彈。

王子和白馬負責從身後押著ＢＬＵＥ，防止她脫逃。火柴點燃後，公主拋下火柴盒，過來加入兩人的行列。

騎士雙手舉著有如火把的火柴棒，慢慢逼近，宛若死神。ＢＬＵＥ恐懼不已，不由得直盯著騎士與火把。

騎士將火移近ＢＬＵＥ面前，開口：

「我說啊，或許你們都不相信，不過我真的覺得非常遺憾。原本我們一路都是五個一起走過來的，不過實在沒辦法再這樣下去了。」

ＢＬＵＥ明白逃不掉，於是低下頭。她知道自己再也見不到泰德。

「公主，我一直以為我們可以維持這樣的關係，但我真的無法繼續追隨妳了。」

騎士已下定決心。就在ＢＬＵＥ心想終究難逃一死的瞬間，火焰掠過ＢＬＵＥ的鼻尖，落到公主黃色的頭髮上。雖然ＢＬＵＥ其實沒有鼻子。

慌了手腳的公主從窗台跌落地板，披散著頭髮發出尖叫，火很快就撲滅了。這段期間，騎士又在王子和白馬的身上點了火，兩個布偶也從窗台掉到地上，忙著撲滅身上的火。

王子身上的火很快就熄了，白馬卻一直滅不掉屁股上的火，慌亂中在兒童房裡狂奔，沒想到引燃了地上的書本。

ＢＬＵＥ目瞪口呆地俯視著地上三個布偶。騎士熄滅火柴，從窗簾後方拿出一把美工刀，將ＢＬＵＥ從毛線的束縛中解放。

「你救了我嗎？」

「我不知道。」

騎士只回了她這句話。

白馬終於在屁股燒出一個焦痕後，滅了身上的火，但書上的火已延燒到床單，誰也沒辦法阻止了。火苗瞬間變成強大的火柱，已不是布偶們能夠處理的狀況。

「我們得想想辦法啊！再不快點把火熄滅，溫蒂的房間就要被燒光了！」

「不可能的，ＢＬＵＥ。」騎士搖搖頭。

「可是，這裡都是溫蒂喜歡的布偶，如果全被燒掉她會很難過！」

「那些布偶全部燒光最好！我們要趕快逃了，你們就一直待在裡面吧！」

王子說完便走出房間，公主和白馬跟在他的後頭。

「我們也快離開這裡吧，不然乾燥的身體會燒成黑炭。」騎士催促著ＢＬＵＥ。

但ＢＬＵＥ實在放心不下房間裡的布偶。如果奶奶送的麥克斯被燒掉，溫蒂不曉得會有多傷心，因為她是那麼寶貝地對待每一個布偶。

騎士率先從窗框往下跳，掉在一樓的屋頂上。由於高度落差太大，他沒辦法再爬回二樓的窗戶。騎士對著在窗口往下張望的ＢＬＵＥ拚命招手，著急地大喊：

「ＢＬＵＥ，快跳下來！不要管溫蒂的布偶了！」

「為什麼？」

「溫蒂沒妳想像中那麼愛惜布偶！起初，她可能會覺得布偶燒光很可惜，不過反正馬上就會有人買新的給她了！」騎士的語氣焦急萬分。

ＢＬＵＥ回頭望著房間，火焰在短短幾秒內長成一隻擺動著身軀的巨大生物，如果被燒到應該不用一秒就完蛋了吧。陣陣黑煙從ＢＬＵＥ所在的窗戶往外冒，布偶的身體感受到一股難以承受的強烈熱氣。

可是，她怎麼樣都沒辦法跳下窗戶逃走。

「騎士，我不想看到小朋友哭！前一陣子，我終於體會到什麼是悲傷！你知道嗎？和重要的人分開是很痛苦、很悲傷的事！我先救出溫蒂的布偶，再想辦法逃出去！這裡每一個布偶都比我貴得多！就算是我被燒掉，溫蒂也不會哭吧，但如果是麥克斯被燒掉，溫蒂一定會哭暈！所以，你先逃吧！」

「妳真是笨蛋！ＢＬＵＥ，妳到底在想什麼！他們馬上就要回來了，不是嗎？妳不想再見到泰德了嗎？要讓他看到妳，他才會開心起來呀！」

「謝謝你剛才救了我，我真的好高興。可是，這樣就足夠了。我也不知道為什麼，但現在我覺得非常幸福！」

ＢＬＵＥ摸了摸胸前的徽章，確認徽章的觸感。她想起來到卡勒斯家之後發生的每一件事情。雖然有許多傷心的回憶，她心中卻沒有憤怒和憎恨。不知為何，這個殘破不堪的身體突然一點都不畏懼火焰，取而代之的是源源不絕的幸福感從胸口湧出。

即使在屋頂上的騎士想阻止ＢＬＵＥ回火場救出其他布偶，他手臂伸得再長，也永遠觸不到ＢＬＵＥ了。

＊

由於珍妮佛身體不舒服，卡勒斯一家提前結束購物回家。當他們到家的時候，滅火行動早就結束，連圍觀的民眾都已散去。消防人員告訴丹，幸好通報得早，除了兒童房之外，沒有其他地方遭到波及。

珍妮佛雙手提著購物袋走到丹的身旁。一聽到發生火災，她雙腿一軟坐到草地上，手上的購物袋紛紛掉落。

「丹，我忘記買鎮定劑了……」

她緊緊抱住兒子，呆望著二樓燒焦的窗戶。

聽到兒童房燒毀，最激動的就是溫蒂。丹想起女兒收集的布偶都放在那個房間裡，不禁為她感到心疼。

「你們家裡一共是四個人，對嗎？不會還有一個小孩吧？」消防人員沒精打采地問。

「很可惜，我沒有私生子。」

「那就太不可思議了……」

這時，第一個衝進家裡的溫蒂發出尖叫，丹連忙進屋一看，原本以為燒個精光的布偶，居然全都好好地堆在廚房的餐桌上。

「爸爸，你看！麥克斯平安無事！」

「噢，真是謝謝你們，連這些東西都幫我們搶救出來。」

丹立刻向身旁的消防人員道謝，消防人員卻一臉困惑。

「不，這些布偶並不是我們救出來的，而是火災發生時還在屋裡的人救的。目擊者看到冒煙的窗戶裡，有人把布偶一個一個往外丟。」

「那是誰呢？」

「這個嘛……目擊者說當時煙太濃看不清楚，可是我們一聽說還有人在屋裡就趕緊破門而入，卻沒看到任何人。總之，火勢很快撲滅，幸好沒造成太大的損失。」

消防人員離開後，丹苦思許久，試圖想出究竟是誰救了這些布偶，得向這個人道謝才行。然而，不管他怎麼想，還是想不出這號人物。

餐桌上堆滿小白兔、小老鼠等布偶，溫蒂一個一個拿出來確認有沒有燒壞。突然間，她發出「啊」的一聲。

「爸爸，這個燒到了，我不要了。」

溫蒂一臉失望，只見她拿著上次生日丹送給她的三個布偶。

「可是都只有一點點燻黑而已……」

「人家不要了嘛！」

溫蒂將王子、公主和白馬，硬是塞給丹。丹拿女兒一點辦法也沒有，只慶幸騎士毫無損傷，沒被溫蒂從收藏名單中剔除。

玄關傳來敲門聲，丹開門一看，原來是剛才的消防人員。

「有一樣東西剛剛忘記交給你們，所以我又折回來。」

他手上拿著的，就是那個藍色布偶。布偶看起來還是一樣嚇人，身上到處是破洞，胸前別著一個廉價徽章，身體將近一半都燒成炭。消防人員說，這個布偶不知為何掉在屋頂上。

「我們不曉得能不能丟……」

「這個布偶其實丟掉也沒關係，不過還是很感謝你。」

為了送消防人員離開，丹一手還抓著布偶便走出玄關。說實在的，一直拿著這個布偶實在很噁心，丹想趁早扔掉。

消防車穿過兩旁種滿行道樹的巷子離去，轉眼就看不見了。

丹正打算進屋，發現泰德不知何時站在他的身旁。泰德指著丹手裡那個消防人員交給他的布偶，哭得眼睛都紅了。他把布偶交給兒子，泰德小心翼翼地伸手接過，簡直就像對待心愛的寵物。

一定是錯覺吧。丹彷彿看到布偶短短的手臂略微動了一下，摸了摸泰德泫然欲泣的臉龐。

劈里、劈里，布偶彷彿氣力用盡，縫線紛紛斷開，終究還是在泰德小小的手掌上化成碎片。一陣風把藍色布料、毛線和裡頭的棉花吹得四下飛散，逝去蹤影。

留在泰德手上的，只剩徽章和連著徽章的一小塊藍色碎布。

平面犬。

1

我的手臂上養了一隻狗。

牠的名字叫百奇（註），男生，身高約三公分，一身藍色的毛。牠的五官並不俊俏，但看上去非常惹人憐愛，嘴上還叼著一朵白花。

牠不是真的狗，而是一個畫在皮膚上的小圖案。

我和百奇的相遇是好友山田的安排。山田是我們班的班長，人長得美，頭腦又好。不過她和我一樣沒什麼朋友，我想是她背上有個櫻花刺青的關係吧，但她自己似乎沒察覺到，那天午休，她像平常一樣非常認真地讀著一本叫《月刊TATTOO》的雜誌。

我們並肩坐在校園微暗的一隅，水泥地的冰涼氣息穿透裙子傳至肌膚，感覺有點冷。遠處傳來烈日下女孩們打排球的叫喊聲。

這種有點陰鬱的氣息，我並不討厭。

「畢業以後，我想先去當學徒，然後繼承家業。」山田悄聲說。

她的語氣平淡，我差點沒聽到她說了什麼。

明年就要升上高三，我卻從未思考將來的事。

我望著她，但她直盯著那本怪怪的雜誌，沒抬起頭，唯有嘴角浮現一抹爽朗的笑意。

「換句話說，我要去當刺青學徒了。」山田輕輕點了點頭。

「最近女刺青師愈來愈多，我爸店裡也有一個女孩來學刺青。啊，對了……」

她闔上雜誌，看著身旁用手抵著額頭的我。「鈴木，妳還沒來過我們店裡吧？今天放學後要不要來玩？怎麼了？妳臉色好難看。」

「我不要緊。都是妳突然發出這種重大宣言，害我現在非常想吐。」

「想吐？吐什麼？剛剛吃的炒麵麵包？」

山田的父親是刺青師傅，作品多是日本畫，會依照顧客的要求在背上刺龍或錦鯉圖案。

她家外觀看上去就像普通的理髮店，出乎意料地整潔。

「我以為你們家的招牌會是那種蒼勁的毛筆字。」整個店面感覺很有格調，招牌上寫著金色的「ＴＡＴＴＯＯ」文字。「一點都沒有黑道的感覺嘛。」

註：原文ポッキー，取自知名的日式零食Pocky棒。

聽我這麼說，山田環起胳臂，嘆了口氣。「我們的顧客又不只有那群人。雖然我們主要是刺日本畫，會有那種職業的人來也是在所難免。其實，還有很多年輕顧客上門。」

「那些人也是想刺觀音菩薩之類的圖案嗎？」

「才不是。圖案有很多種，他們可以從型錄裡挑喜歡的，也有人會自己設計好圖案帶過來。」

推開玻璃大門，走進店面，只見候診室般的空間裡，擺著一盆很大的觀葉植物和黑色的素面沙發。白色的牆壁透出一股清潔感，感覺很像牙醫診所的候診室。

山田要我先坐一下，便走進內室。我拿起一旁架子上的雜誌，仔細一看才發現裡面全是刺青的照片和圖案，應該是刺青型錄吧。

當中有火焰、星星、愛心等圖案。

雜誌頁面上落下一個人影。我抬起頭來，一個不認識的高個子女生正低頭看著我。她對我笑了笑，打一聲招呼：

「妳好。」

她的日文有種腔調，是外國人。

山田站在她的身邊，說：「這位在我家學刺青，是中國人。」

我的心跳突然加快，雖然跟生平第一次和外國人面對面也有關係，但最主要還是因為她實在太漂亮了。一身黑色套裝，戴的眼鏡是有色鏡片，還別著許多金色耳環。

「請多多指教。」中國人豎起中指和食指說。

這一刻，我已完全成了她的俘虜。我的聲音微微顫抖，簡單地自我介紹，一邊暗忖如果我是男生，一定會把她打昏，強行帶走。

「只不過，她馬上就要離開日本了。」

好失望。

「是回中國嗎？」

她搖搖頭。聽她的說明，才曉得她是要去美國學習雷射技術。原來消除刺青需要用雷射，而日本這方面的技術似乎還不是那麼發達。

「我今天是來向老師道別。」她的日文不是非常流利。

「她的技術真的很好。對了，鈴木，難得有機會，乾脆請她幫妳刺一個圖案吧。」山田提議道。

如果是平常的我，早就一口回絕了。但十五分鐘之後，我已挽好袖子在內室坐定。這名中國女子的魅力實在太強，沒辦法。

內室裡擺著床和椅子，跟醫院的診療室一模一樣。想把刺青刺在背上的人，應該就是趴在那張床上吧。

我想刺在左上臂，於是她讓我坐到椅子上。

「第一次刺青的人，大多會選擇刺在左手臂。」

山田坐在床緣，雙腳晃呀晃的。

「欸，我今天沒帶錢，沒關係嗎？」

「沒關係啦，她今天應該也不打算收妳的錢。」

我看著中國大姊姊，她一面消毒泛著銀光的器具，一面愉悅地點點頭。聽說這樣的圖案一般要五千到一萬圓左右。

室內在日光燈照耀下顯得非常明亮，一塵不染，像間無菌室。窗邊的花瓶裡插著白花，百葉窗拉下一半，牆上掛著咕咕鐘。

椅子旁邊擺著一個垃圾桶，往裡面一看，都是揉成一團團、沾有血跡的面紙。我突然不安起來。

「會不會痛啊？」

山田不懷好意地瞇細了眼，回答：「非常非常痛。」

「真的假的？」

「其實每個人反應不一樣。有人覺得痛，也有人邊刺邊睡覺。不過，妳一定沒問題，雖然這麼說一點根據也沒有就是了。」

中國大姊姊坐在我旁邊的椅子上，準備開始刺青。

我深深吐出一口氣，告訴自己別怕。

剛才在外面候診室的時候，我已挑好圖案。我只對大姊姊說「幫我刺一隻狗」，她也簡潔地回了我一句「ＯＫ」，便把圖庫集遞給我。裡面有好多小狗的圖案，她讓我一個人在候診室慢慢挑選。

大概翻了一陣子，我的視線停留在某一頁上，簡直就像命運的相會，頁面上的狗兒模樣在我腦海裡久久揮之不去。如果能把這個圖案刺在我的手臂上當幸運物，該有多好。這一瞬間，我便拿定主意了。於是我將這張圖的頁碼記下來告訴大姊姊，她豎起大拇指說：「包在我身上。」

第一步似乎要先把圖案轉印到正確的位置上。聽說這個步驟徒手進行即可，但中國大姊姊還是仔細地使用描圖紙。她以一種特殊的複寫紙將圖案謄到描圖紙上，再用藥水把描圖紙黏到我的左上臂，圖案就轉印到皮膚上了。

雖然她詳細地對我說明，但我幾乎都沒聽進去。因為美麗的大姊姊只要一靠近，便傳來一陣香氣，哪還有心思聽她說了什麼，我連她畫的圖都沒注意看。

接著是用機器描線。她拿出一個裝有三根細針的工具，開始在我的手臂上描線。我的膽子很小，只好閉緊眼睛別過頭，但其實沒想像中痛，大概是像用鑷子拔毛般的小刺痛，每秒連續數次。

這讓我安心了點，於是睜開眼，看著繪製中的小狗圖案。

咕咕鐘響了，假鴿子的叫聲聽起來愣愣傻傻的。

「鈴木，妳要不要看書？只有右手也可以拿書吧？」山田非常善解人意。

「好啊，我想再翻一下剛才那本圖庫集。有狗狗的那本。」

中國大姊姊又拿出另一種工具，跟剛才的很類似，但上頭多了兩、三根針，似乎是用來畫陰影的部分。

我翻著圖庫集，擦了擦額頭上微微冒出的汗。

「會痛嗎？」

「有一點。」

其實不太痛，我也不知道自己為什麼會這麼說。

接著，中國大姊姊拿出捆了一整把細針的工具，開始上色。這次針的數量有十四根之多。

最後，整個圖案花了將近一小時才完成。

「現在看起來會有點怪怪的，過幾天顏色就會很漂亮了。」

我看了一下左手臂上的藍色小狗圖案，向她道謝。

她對我點點頭，似乎相當滿意自己的作品。十分鐘後她便回家去準備赴美的行李了，真捨不得，早知道和她拍張照留念也好。

「她實在太厲害了，連這麼小的圖，都能畫得如此可愛。」

「我決定了，這隻小狗的名字叫百奇。」

牠就坐在我的左手臂上，正面朝著我，略顯疑惑地把頭微微歪向一邊，嘴上還叼著一朵白花。是一隻很小的狗狗。

「不過，其實我剛剛一直不好意思說出來……山田，她是不是聽不太懂日文？」

「嗯……有時候的確會聽錯。她只學了一年日文，能有現在的程度就很厲害了。怎麼了？」

我翻開小狗的圖庫集，拿給山田看。上頭的圖案是一隻窮凶惡極的狗，淌著口水，眼看就要一口將人吞下，非常寫實。

她皺起眉頭說：「好可怕的圖案。」

「我剛才告訴那個中國大姊姊的，應該是這一頁的號碼才對啊……」

這就是我和百奇的相遇，有一半出自意外。之後幾天，我必須強忍襲來的搔癢感。刺青的位置癢得不得了，但山田告誡我，絕對不可以用指甲去抓。不過，大概三天後便緩下來，百奇變成非常鮮豔的藍色。看來，這圖案已成為我身體的一部分，感覺滿好的。雖然不是當初選的圖案，也不賴。每當看著左手臂上的小狗，我總不禁面露微笑。

「妳最近是不是買了喜歡的東西？」美佐江放下手上的冰咖啡。

咖啡店裡，我和美佐江隔著桌子相對而坐，閒聊著一些無謂的事。店裡柔和的輕音樂流瀉，冷氣很強。玻璃窗外刺眼的陽光下，許多身穿西裝的上班族經過。

「為何這麼說？」

「因為妳剛剛在哼那首奇怪的歌呀，就是很像錄音機壞掉的那首。妳每次哼那首歌的時候，八九不離十，一定是買了什麼喜歡的東西。所以，我猜妳是不是買了新手錶還是什麼的。」

美佐江認識我很久了，我的一切她都瞭若指掌。

「啊，嗯，可以這麼說吧。」

我隔著制服摸了摸小狗刺青。刺在這個高度剛好袖子還能遮住。

她沒繼續追問，視線轉去盯著玻璃杯裡的冰塊。

那天是湊巧在放學的路上遇到美佐江。原本她只是從我的面前走過，完全沒注意到我，等我叫住她，她回頭看到是我便露出一個曖昧的笑。那表情挺複雜，我不會形容。

她看起來很累。原來她剛去醫院看丈夫的檢查報告回來，我之前都不曉得她的丈夫身體不好。

美佐江一直盯著玻璃杯裡的漆黑液體，一動也不動，彷彿坐在對面的我從她的眼前消失了。

看她的心情這麼沉重，想也知道檢查報告沒有好消息。

「妳不要緊吧？」

聽到我的聲音，她從沉思中抬起頭來，勉強擠出微笑。

「嗯，這裡的冷氣好冷。」

我點點頭，摸了摸手臂，發現起了雞皮疙瘩。想到自己的雞皮疙瘩底下居然住著一頭狗，有種不可思議的感覺。

「說到狗……」美佐江突然提起狗，嚇了我一跳，難不成她會讀心術？

「我最近常聞到狗的味道，會不會是隔壁的鄰居偷養狗？可是，我們住的公寓嚴禁養寵物啊。」她深吸一口氣，「妳不覺得這家店也有狗的味道嗎？」

我試著深呼吸，沒什麼味道。

「沒有啊，是妳太敏感了吧。」

走出咖啡店，待在冷氣房中難以想像的熱氣襲來，一下就冒出汗珠。不知道刺青的部位會不會流汗？

美佐江結帳時，連我點的巧克力聖代、蘋果派和奶茶也一併付了。我先走出咖啡店，百無聊賴地等美佐江出來。店門旁種著一些綠葉植物，我坐到花壇上，故意伸長雙腳，果不其然，美佐江馬上罵了我一句：「沒規矩！」

「醫生說『妳丈夫得的是癌症』，是胃癌，只剩半年的生命了。」她靠在電車的扶杆上，凝視著窗外逝去的風景。

這天晚上，難得全家人一起吃飯。我很怕一家溫馨團聚的氣氛，也很少和大家一起吃飯。席間，我直瞅著爸爸茂雄。我和他感情不太好，女兒的任何行為他都看不順眼，最近連話都說不上兩句。
爸爸茂雄本來話就不多，我從沒見他大笑過，他也不是會主動逗人開心的人。明明不怎麼受公司重用，怎麼頭髮會掉得只剩那麼少？對我來說，他就像是個陌生人。
他喝著啤酒，一面慢吞吞地吃飯，吃了很久才總算吃完。他摸著肚子說：
「最近我的胃潰瘍似乎更嚴重了……」
看來，美佐江還沒告訴他實話。

2

一星期之後，小狗刺青已和我完全合而為一。
每次看著手臂，都覺得好開心。我在鏡子前擺著各種姿勢，百奇不只是個刺青，我感覺得到牠的存在。我不太會形容，但我常有種感覺，手臂上養著一隻真正的狗，真是不可思議。
但我還沒把刺青的事告訴爸爸茂雄和媽媽美佐江，也沒跟弟弟說。
雖然我沒有告訴他們的義務，但總覺得要是爸爸知道了，一定會很生氣。

有天早上，我被狗的低吼聲吵醒。大清早的，哪來的野狗這麼吵？我揉揉眼睛，看了一下鬧鐘，再三分鐘鬧鐘就要響了，儘管知道再躺回去也睡不了多久，我還是又昏睡過去。

「今天一早我聽見狗叫聲。」

早餐是白飯和味噌湯，我吃著早餐，隨口提起剛才的事。

「果然有人在我們這棟公寓偷養狗啊。」美佐江說。

我本來想應該是外頭的野狗，但她說狗叫聲聽起來很近。

今天她的身體似乎不太舒服，有時嗓音還啞啞的，像是別人在說話，可能是太過擔心丈夫身體的關係吧。

「總覺得吞東西的時候會卡在喉嚨，不知道是不是感冒了。」

「要不要喉糖？」弟弟薰問。

「美佐江，妳就去讓醫生看看吧。」爸爸茂雄說，「小感冒也可能要人命。拜託妳要好好照顧自己啊，孩子們還這麼小，妳撒手了孩子們怎麼辦？」

美佐江的表情相當複雜，應了聲「好」，便岔開話題。

上學途中，我發現小狗的樣子有點奇怪。

最近搭電車的時候，我坐在座位上，都會不時偷瞄左手臂上的百奇。我拿到喜歡的東西後，通常只會在前一、兩個星期雀躍不已，過一陣子，就會漸漸覺得變成理所當然的存在，最後成了一個習慣帶在身邊的重要物品。雖然習慣也是好事，不過我喜歡像現在這樣，光是盯著看都覺得是無上的幸福，所以總是希望盡可能延長這段蜜月期。

不過，這天早上的百奇看起來不太一樣。

藍色的毛、面朝前方的坐姿、帶著疑惑的歪頭神情、嘴裡叼著的白花，乍看之下和當初中國大姊姊幫我刺上去的時候沒什麼不同。

擁擠的電車裡，我湊近左上臂細看，忍不住咕噥起來。電車裡的人們看到這個高中女生的奇怪舉動，想必會覺得很詭異吧。

不過，這隻狗的頭，之前到底是歪右邊，還是歪左邊？總覺得牠的頭原本是往右邊偏，現在卻反了過來。大概是我太神經質了吧。

我決定不要想太多，下了電車。

從車站前往學校的途中，一個帶小狗散步的阿姨和我擦身而過。那隻狗體型很小，咖啡色的毛，黑溜溜的眼睛，是約克夏！我不禁興奮了起來。這時，那隻戴著項圈的約克夏也回頭朝我靠過來，對著我嗅個不停。

我身上似乎有什麼味道吸引著這隻小狗。我開心地正想要伸出手摸摸牠，突然一陣狗叫聲傳來，就像是對著這隻約克夏狂吠。我望了望四周，卻不見其他的狗。

約克夏嚇了一大跳，連退好幾步。牠的主人大概也覺得剛才的聲音太匪夷所思，不停東張西望尋找聲音的來源。

沒能摸到約克夏，真令人失望。

看了看手錶，我加快腳步趕往學校。太陽很大，想到今天又那麼熱，心情實在好不起來。我邊想邊瞄了一眼刺青，不由得停下腳步。

刺青圖案的小狗，會叫嗎？如果百奇和真狗一樣會叫，應該就是現在這副模樣吧。

藍色的百奇一如往常歪著頭，乖乖坐在我的手臂上。只不過，原本嘴裡叼著的白花，掉在牠的腳下。

原來這一切都不是我神經質嘛。不知為何，我冷靜地接受了這個事實。

這個刺青帶給我一種難以形容的真實感，總覺得有一隻刺青小狗在自己的皮膚上生活，也不是什麼光怪陸離的事，還在我能夠接受的範圍內。至少比半年後即將失去一個家人的事實，還容易令我接受。

但山田不這麼認為。我告訴她刺青小狗會動，她完全不相信。

「鈴木，要不要我幫妳去醫院掛號……」她擔心地看著我，彷彿我長了腦瘤。

短暫的下課時間，我們跑到校舍的屋頂上。微風輕輕吹拂，吹散了鋼筋水泥樓頂蒸騰的熱氣。

「可是，山田，我今天沒帶健保卡。」

說完，我捲起袖子。我想讓她看看刺青小狗微妙的變化，嚇她一下也好。

果不其然，山田看了我的手臂，一句話也說不出來。

「喏，牠嘴裡的白花真的掉下來了吧？」

「不只吧……」她瞪大了雙眼看著我，疑惑地說：「不見了。」

一時之間，我還反應不過來這是什麼意思。

我轉頭看手臂。刺青還在，但只剩下白花。

主角的小狗丟下白花，不知跑去哪裡。百奇剛剛坐著的地方，現在看起來就像不曾刺青似地光滑。

百奇行蹤不明，我陷入一陣恐慌。

然而，沒多久就找到百奇了。牠躺在我肚臍上方三公分左右的地方打瞌睡，瞇著眼睛，一副很幸福的樣子。

我拉起襯衫、露出肚臍，望著百奇。山田湊近我的耳邊，小聲地說：「刺青小狗在打呼。」她仍是一副難以置信的表情。

之後，百奇又改變了幾次位置。傍晚放學的時候，牠已跑回我的左上臂乖乖坐好，大概認定那是牠的專屬位置吧。

那一天，我盡可能撥出時間仔細觀察百奇，結論是，牠絕對不在人前移動，總是趁我不經意移開視線的空檔，牠才突然移動位置或改變姿勢。這一點讓我很意外，我以為牠是像動畫角色般流暢地動作，如此看來，牠的移動方式比較接近平面的漫畫。

上一秒還是打瞌睡的圖案，下一秒卻成了伸懶腰的圖案。轉換之間應該沒有其他圖案了。當牠暴露在人們的目光下，就必須徹底維持圖案純粹的本質。一定是神明給了百奇自由，允許牠在沒人看到的時候動一動身子，所以刺青小狗才能在我眨眼的瞬間，翻個身子繼續睡。

不可思議的是，百奇似乎也感受得到我的存在。而且，對於我的皮膚以外的世界，也與一般的狗有著相同程度的認知。

我想起今天早上遇到約克夏的事。那時候的狗叫聲，肯定就是百奇發出的。大概是約克夏靠過來，百奇忍不住叫了出聲，叼著的花才會掉下來。

那一大早吵醒我的狗叫聲呢？想必也是手臂上這隻小狗的傑作。

我一邊等車，一邊望著皮膚上的小狗。月台上，有放學回家的高中生，也有下了班的上班族。夕陽染紅天空，模糊難辨的車站廣播響起，電車緩緩滑入月台。

百奇原本躺在我的左手臂上睡覺，我的視線離開幾秒，牠就理起毛來。

進了電車，我在距離門邊最近的座位坐下，輕輕用食指摸了摸正在理毛的刺青小狗的頭。我的手指遮住百奇的那一瞬間，百奇舒服到瞇起了眼睛。

我該不會跟一隻刺青小狗結婚了吧？我的內心突然湧起一股奇妙的感覺。

回到家，媽媽的兒子薰正臭著一張臉，吃著杯麵。這幕景象頓時將我拉回現實世界。

「美佐江呢？她出去了嗎？」

「她留了字條，好像是去醫院。」

薰用下巴示意，桌上有一張以自來水筆寫的便條紙。

「一定又是為了癌症的事吧。」我自言自語。

薰聽到了，歪著頭一臉疑惑。看樣子，他還不知道媽媽的丈夫得了胃癌。

我和他雖然是姊弟，卻有一段不為人知的過往。我們第一次的相遇，是在我一歲半那年。當時我還不懂事，天曉得這個跑來我家的傢伙到底是什麼東西。如果能夠回到那個時候，我一定會把這傢伙從美佐江懷裡搶下來，塞進紙箱丟掉吧。不過，現在說這些都太遲了。

薰從我身上奪走了雙親的愛。為了報復，我對他施以暴力，卻造成反效果，爸爸茂雄打了我。現在回想起來，我會開始討厭爸爸，可能就是這個原因吧。

薰後來成長為一個頭腦清晰的人，生活也非常井然有序，和姊姊截然不同，雙親將期待全放在他的身上。他十分爭氣，今年考上了只有頭腦好的人種才進得去的高中。

我則考上根本毫無無程度可言的高中，在雙親的嘆息聲中入學就讀。以那時候為分界，我們之間長久以來的鬥爭，似乎終於畫下句點。

在學校累了一天，回到家我一點也不想面對弟弟，還是速速躲進房間為妙。

「對了，我錢借給某人，卻一直沒還我。妳應該曉得這件事，就是那個叫優的女生，幫我催一下好嗎？妳也認得她不是嗎？」
薰雖然臉朝下看著杯麵，卻不折不扣是講給我聽的。
「知道啦，我會提醒她的。」
「妳也認得她不是嗎？」他這種語氣讓我非常火大。
這時，薰突然咳了起來。他咳得非常厲害，想必是不小心讓一大口泡麵湯汁跑進氣管了，我不禁幸災樂禍了起來。
「該不會是被美佐江傳染感冒了吧。」止住咳嗽之後，他神情痛苦地按住胸口，自言自語。
三十分鐘後，爸媽回來了。
「啊，跑醫院真是累人。」美佐江疲憊地癱在椅子上說。不知道是不是感冒變嚴重了，她的聲音聽起來和平常不大一樣。
他們應該已在外面吃過飯，還買了蛋糕回來。
趁著美佐江去洗澡的時候，爸爸茂雄把我和薰叫到客廳。薰似乎察覺事態的嚴重性，而我多少猜得到他要跟我們說什麼。約莫是他從妻子那裡得知自己罹患胃癌了吧。
爸爸茂雄面色凝重地要我們坐下。我重新體認到，我真的完全不曉得該怎麼和他相處。以前我惹他生氣的時候，都會看到他露出這種表情。即使我覺得自己很努力了，他還是處處挑我的毛病。

「今天我們去了醫院。」爸爸開口，「本來是媽媽一個人去看感冒，但傍晚我在公司突然接到醫生的電話，說有重要的事，要我過去一趟。」

怎麼和我想像的內容不太一樣？聽得我一頭霧水。浴室那邊隱約傳來媽媽放熱水的聲音。

「媽媽的喉嚨長了腫瘤，就是俗稱的咽喉癌，醫生說只剩下半年了。」

我完全說不出話來。

「媽媽知道嗎？」薰問。

「她還不知道。醫生幫我騙她說是因為感冒太嚴重，才通知我去帶她回來。」

爸爸茂雄從胸前口袋掏出菸盒打算抽根菸，卻突然使勁捏扁了菸盒，喃喃地說：「今天開始戒菸好了……」

拜託，事到如今，突然關心起健康有什麼用？我忍不住在心裡小聲嘟囔著。

媽媽似乎還沒跟丈夫講胃癌的事。

一個家庭裡有兩個人同時罹患絕症，真是太巧了。更何況，聽說癌症的死亡率相當高。雖然雙親同時罹癌的機率應該小到只有天文數字分之一，但我想這也意味著，只要能夠採取天文學的宏觀角度來看待這件事情，就沒什麼無法接受的了。

雖然我也想過會不會是藍色小狗招來不幸，但這應該更荒唐無稽吧。美佐江洗好澡出現在客廳的時候，頭髮還濕濕的，薰刻意把電視頻道轉到搞笑的綜藝節目。他發出剛才那種劇烈的咳嗽，裝成一副什麼事也沒發生的樣子。

隔天薰也去了醫院，因為咳嗽一直沒好轉。醫生診斷的結果是肺癌，剩下的時間和父母一樣，都很短。

3

星期六不用上學，我又跑去山田家玩。出門之前我打過電話，請她幫忙準備三萬圓，所以我輕易地從她那裡拿到錢。

山田家就在刺青店後面，還有一座小小的院子。

由於山田經常在鈴木家進出，和我家的人都認識，甚至到後來，她比我還能夠熟稔地跟我弟聊天。

這是我第一次造訪她的生活空間。

她的房間在一樓，打開落地窗就能直接進到後院。房間裝潢全是黃色系，音響上面擺著小丑音樂盒，牆上掛著拼圖畫。

房裡還有電腦，她說可以上網。

後院裡有一座狗屋，他們家也養了一隻狗。之前就聽她提過，他們家有一隻雜種狗叫馬文，不過這是我第一次見到牠。馬文不是刺青，是一隻真正的狗。

我穿上放在窗戶旁的拖鞋，走過去窺看趴在狗屋裡睡覺的馬文。牠只是回望了我一眼，一副「懶得理妳」的表情。

我的左上臂傳來示威的狗叫聲。只要有別的狗靠近我，百奇都會發出吠叫。牠不是要找對方吵架，只是宣示自己的地盤罷了。當其他的狗靠近牠的主權範圍，也就是我的身體表面，牠就會想把對方趕走，可惜牠的聲音不夠強勢。或許是因為牠的身高只有三公分，叫聲聽起來就像小孩在逞強。

馬文沒理會百奇的叫聲，慵懶地閉起眼睛。

「所以，他們三個人都不知道自己得了癌症？」

我望著山田點點頭。爸爸茂雄以為自己是胃潰瘍，美佐江和薰都以為自己是感冒。不過，他們都知道自己以外的兩個病人，得的是只剩半年可活的癌症。

薰知道爸爸茂雄得了胃癌的時候，他還說：「搞什麼啊，這樣一來，半年後不就剩下我和姊姊相依為命了？」

講得一副傷透腦筋的樣子。我差點忍不住脫口而出：不會有這麼一天的，你放心好了。

爸爸茂雄好像也深信半年後會剩下我和他一起生活，美佐江似乎也是這麼想。知道他們全都得癌症的，只有我一個人。

「聽說我奶奶得子宮癌、爺爺得腦瘤、伯伯得直腸癌、嬸嬸得乳癌過世。我們家族的血統得癌症死掉的機率滿高的。」

「那妳沒問題嗎？」

「目前是還好啦。硬要找出問題，頂多是幾年前身上開始冒出一些紅色斑點而已。」

「那是青春痘吧。那種小事和皮膚上住了一隻狗比起來，根本不值一提。

我看妳的神經大條，就是百病不生的祕訣吧。」

「那山田妳也不需要醫生嘍。」

山田起身到別的房間拿來罐頭和盤子，應該是馬文的午餐。馬文耳尖，一聽到開罐頭的聲響，立刻衝到窗戶旁，挨在山田腳邊用力搖著尾巴，口水也流了出來。

看到這一幕，我恍惚地想起著名的「巴甫洛夫之犬」(註)制約反射實驗。

回家途中，我繞去書店。猶豫許久，終於決定買下一本書。

我回到家，和家人一起度過星期六的下午。無形中，我們一家四口似乎被彼此複雜的視線牽制著。實際狀況如何我也不是很清楚，只知道他們三人的癌細胞已轉移到其他器官，治癒的機率渺茫。不過，他們應該再過不久就會住院接受手術吧。

我看了看左手臂，百奇不在，大概是到背後或是腳趾上散步了。如果他們三人都離開人世，就只剩下我和百奇了。

我泡了一杯甜得嚇人的咖啡，在餐桌前坐下，拿出剛買的書來看。美佐江和薰一直望著我，一副想說什麼又說不出口的表情，最後是爸爸茂雄出聲。

他看著我的眼神，彷彿看到了什麼恐怖的東西。我以為自己早已習慣爸爸的那種眼神，沒想到還是這麼痛苦。從前我常懷疑爸爸是不是討厭我，因為我是一個不會讀書的小孩。其實，由於無法回應雙親的期待，我偷偷在心裡不知道歉過多少次了。每當受到雙親斥責的時候，總覺得他們是為了這件事生我的氣。

即使是弟弟輕輕鬆鬆就能做好的事，我也做不來。像是打招呼、露出爽朗的笑容、愉快地與人應對、寫出漂亮的字，雖然我認為這些都是無關緊要的事，但看到我連這些事情也做不好時，美佐江和茂雄的眼神總是深深刺傷我的心。

「那本書是怎麼回事？」

「跟你無關吧？不要管我。」

這句話似乎觸怒了他，爸爸茂雄一把搶走我手上那本《開始一個人的生活吧！》。美佐江和薰只是靜靜在一旁注視著我們。

「妳是不是都知道了？」他望了妻子和兒子一眼，支支吾吾起來，但我曉得他想說什麼。他一定是想說：「半年後，就剩下妳和我兩個人了啊！」可是，這句話說出來，等於宣判另外兩人的死刑，他才顧忌著說不出口吧。於是，我回答：

平面犬。

註：「Pavlov's Dog」，即俄羅斯生理學家巴甫洛夫（Ivan Petrovich Pavlov）的狗唾液制約反射實驗。狗會對食物自然而然地分泌唾液，如果在提供食物之前的幾秒發出一些聲響，將會使得這個聲響轉變為制約刺激，進而能夠在沒有食物的狀況下引起狗的唾液分泌。

「半年後只剩下我一個人了，還能怎麼辦？誰教你們三個都會死啊。」

詭譎的沉默中，他們三人面面相覷。

我逮住機會，把書從爸爸茂雄的手上搶回來。

那天晚上，茂雄、美佐江、薰分別得知自己正確的病名。我一個人先睡了之後，他們一直聊到很晚。

第二天早上，以為會見到臉色凝重的三個人，沒想到他們都比我早起，神色自若地和平常一樣吃著早餐。

窗簾整個拉開，外頭明亮的陽光灑進屋內。

薰將牛奶倒進擦得晶亮的玻璃杯中，瞄了我一眼。他應該知道自己半年後將死於癌症，臉色卻看不出任何異常。

「昨天你們待到那麼晚，到底談了些什麼？」我問薰。

薰愉快地說：「我們在討論剩下的半年要怎麼過。爸爸打算辭掉工作，一直看書看到死。不過，媽媽得繼續當家庭主婦。至於我，就從明天開始請病假嘍。」

「請病假？真好。」我少根筋的感想脫口而出，不過他沒生氣，反倒笑得異常燦爛，而且這樣的開朗也感染到雙親。

「看來，這些夏天的衣服是最後一次穿了。」美佐江看著自己的衣服，惋惜地說。她已有活不到明年夏天的覺悟了嗎？

他們之間有種特殊的連帶感，甚至感覺得出三人都已接受自己即將死亡的事實。這一家子裡，只有我格格不入，獨自品嘗受到排擠的疏離感。

「你們不考慮動手術嗎？說不定治得好啊。」

「又不是動手術就保證治得好，雖然細節我不是很清楚，不過到了這種地步恐怕為時已晚。況且開刀要花錢，三個人的手術費加起來可不是筆小數目。」爸爸茂雄皺起眉頭，語氣嚴厲。「再過半年，妳就舉目無親了，往後動輒都需要錢，所以沒必要為了不知道會不會成功的手術花這麼多錢，更何況還是三人份的手術費。」

這就是他們昨天晚上做出的結論吧。

聽了這番話，我才第一次真切感受到即將獨自面對未來的恐懼。和被宣告即將死亡相比，這種恐懼根本微不足道。可是，我又不像他們那麼精明能幹，一想到半年後我就得一個人處理財務、居住、飲食這些問題，乾脆死掉算了。

我獨自一人真的處理得來嗎？不，正確來說不是獨自一人，我還有百奇。

就在這個時候，百奇的叫聲突然傳遍屋內。牠在家一向很少發出叫聲，而且有我以外的人在的場合，從未聽牠叫過，更何況我還沒把牠的事告訴家人。

他們三人驚訝地環顧四周，最後一致同意應該是電視節目傳出的聲音。

我偷偷看了一眼左手臂上的刺青，百奇也望著我，彷彿有話要跟我說。牠嘴裡仍叼著那朵白花，但我才一個眨眼，牠已咕嘟一口把花吞了下去。白花刺青從我的皮膚上消失了，只剩下一個嘴裡嚼著東西的小狗圖案。

這時我才知道，原來牠也會肚子餓。仔細想想，我從沒考慮過牠的飼料問題，也不曾餵牠吃東西。

我說要去一趟山田家，正打算出門，薰走過來問：

「最近好像很少看到那個人，她還好吧？」

「你說山田？她忙著學刺青，將來要當刺青師傅。」

然後我才注意到，薰一直端詳著我的臉。

「咦，妳的眼睛旁邊本來不是有一顆小小的痣嗎？直徑大概一公釐，以前老是被我取笑像鼻屎的那顆痣。」

我連忙跑去浴室照鏡子仔細檢查自己的臉，那顆痣真的消失了。

讓痣消失的凶手就是百奇。前往山田家的路上，我親眼目睹百奇的新把戲。

我觀察著牠，發現不知道是不是肚子太餓，就在我眨眼的瞬間，牠又迅速吃掉我手腕上的一顆小痣。

臉上的那顆痣，約莫是百奇趁昨晚我睡覺的時候到臉上散步，為了果腹而吃掉的。

我把事情告訴山田，她拚命忍住笑意，答應幫我刺一大塊肉送給百奇。雖然她還在實習中，原則上刺青師該具備的技能她都懂，就當我是練習用的實驗品吧。

一塊巨大的帶骨腿肉刺青完成了。跟漫畫裡會出現的那種腿肉一樣，整支比百奇還大。原本我擔心百奇不吃，看來是多慮了。百奇如同一般的狗狼吞虎嚥地吃掉肉，我的視線才離開大約三十分鐘，牠的飯後散步已進行到我的右腳，露出非常滿足的表情。附帶一提，百奇的散步路徑，通常是從我的左上臂出發，往南逛到右腳尖（如果把頭部當成北邊的話），再繞過背後，回到原來的位置。

「連我這種門外漢做的餐點都願意賞臉，真是隻乖狗狗。」雖然山田感動得不得了，我卻有點不高興。

「下次不要再畫骨頭了。」

百奇沒把骨頭一起啃掉，結果白骨的圖案就這樣留在我的皮膚上。後來過沒多久，百奇就不知道把骨頭刺青叼去哪裡了。大概是牠怕寶貝骨頭被搶走，藏到我皮膚的某處了吧。

我在心裡祈禱，希望牠不是藏在我的臉上，也不要在我的身上大便。

隔天，全家一起開車出去兜風。由於是星期一，學校要上課，爸媽竟然主動說「請一天假也沒關係吧」。哪像平常我只要無故缺課，爸爸就會罵我生活懶散，從不給我好臉色看。

車子往海邊的方向前進，我卻一點都提不起勁。沒什麼比和三個被宣判死刑的人一起出門兜風更沉重的了。他們說要兜風，搞不好是想帶著我直接開進海裡。如果打算一起自殺，他們三人自己去就好了。

不過，我的不安都是多餘。他們三人毫無異狀，單純地享受兜風的樂趣。沒什麼特別的風景也看得入神，沒什麼要緊的話題也聊得十分開心，車內的氣氛開朗熱絡，從頭到尾沒有冷場。

我不想破壞氣氛，一路上都面帶微笑，到後來甚至忘了他們再過不久就要離開人世，暗暗希望這次的兜風可以永遠繼續下去。

我們四人散步到海岬上，海風很強，吹得衣服啪啪作響。

他們花了很長的時間望著大海，似乎怎麼都看不膩。過了兩個鐘頭，三人依然沒有離開的意思。在旁人的眼中，我跟他們應該不像一家人吧。爸媽和薰就是這麼意氣相投，為相同的事物著迷。

我開始覺得無聊了，跑去坐在長椅上，邊喝果汁邊打瞌睡。

「妳不看海了嗎？」弟弟不知何時坐到我的旁邊。

「我實在搞不懂這有什麼樂趣。」

「這就是每個人的悟性高低的差異。」

聽他這麼說，我卻一點也不生氣，反而是感動到幾乎壓抑不住臉上的笑意。

「沒想到，最後我還是沒辦法從弟弟手上搶回爸媽的愛。」

「是這樣嗎？我的想法和妳完全相反。」

「為什麼？茂雄只會念我耶。」

「我做什麼都沒人念哪，因為基本上我的頭腦很好。」

回家的路上，我反覆思考著這段對話，卻怎麼也無法領會弟弟的言下之意。

撇開這件事，這趟兜風其實滿好玩的。自從知道他們三人罹患癌症，我第一次那麼強烈地希望大家不要死。胸口好難受。為了忘卻死亡靠近的事實，我努力說著蠢話逗大家笑，連平常很少笑的茂雄也相當捧場。然而，為什麼胸口卻痛得更厲害呢？

我總算真正體會到所謂的「家人」是什麼。那是一種我遺忘許久的感覺。途中，我們到一家Drive-In餐廳用餐。

接受手術吧，雖然不保證能治好，但也可能痊癒啊。我很想這麼告訴他們，但終究還是說不出口。因為一說出這些話，我們之間的魔法似乎就會消逝不見。

當天氣氛實在太和樂，根本無法想像半年後只剩下我一人會是怎樣的情景。事實上，我的內心不安到了極點。

4

爸爸茂雄說過，往後動輒都需要錢。等我開始一個人過日子，若想衣食無缺就需要很多錢，所以他不願把錢花在勝算不大的手術上。

如果我口袋裡有大把鈔票，一定會不由分說地將他們三個全部送去動手術，可惜我的口袋裡什麼也沒有。

於是，我開始去便利商店打工。我知道這樣賺不到三人的手術費，但一想到不知哪天起就只能靠自己活下去，還是得找份工作才行。以前都是美佐江給我零用錢，往後當然不會再有這筆收入。

我跟山田說：「畢業以後我不上大學了，我要去找工作。」她正在我手臂上刺著肉塊的圖案。刺青需要全神貫注，她沒抬起臉，只是點了點頭。

手臂傳來一陣輕微的刺痛。沒多久，店裡的咕咕鐘開始報時，八點了，假鴿子呆愣的叫聲，一聲響過一聲。

我不時會請山田幫忙刺一些東西給百奇吃。山田不收我錢，而且晚上七點半以後，她爸爸都允許她自由使用店裡的器具。所以，每次山田幫我刺青的時候，都得聽上一次這隻假鴿子傻乎乎的叫聲。

剛完工的肉塊刺青活像塊生肉，過幾天應該就會變成比較自然的顏色，可是百奇等不了那麼久，總是兩三下就把剛刺好的肉塊啃光。肉塊刺青被牠吃進肚裡之後，原本刺著圖案的地方就變得非常乾淨，完全看不出刺青的痕跡，連刺青時的痛楚也一併爽快地消失無蹤。

幸好牠不會大便，著實讓我鬆了一大口氣。

養狗是很費神的一件事。百奇愛玩，常常想引起我的注意。牠才不管我是在打工的便利商店結帳到一半，或是仍在上課，冷不防便出聲喊我。一望向左上臂，牠就露出彷彿在說「陪我玩嘛！」的殷切眼神。周圍的人不免驚訝地四處張望，想不透狗叫聲是從哪裡來的。

有時百奇甚至會吠個不停。有次我在店裡上架商品，牠又叫了，我只好壓低聲音凶牠：「安靜一點！」但牠反而更樂、叫得更大聲，連客人都察覺不太對勁，當場成了一間狗叫聲不絕於耳的詭異便利商店。

我試過捏住皮膚看能不能抓住百奇，還是沒轍。我只要一眨眼，牠馬上一溜煙逃開。看樣子，想抓住一隻刺青小狗是不可能的事。

而且，牠也不會「等一下」和「握手」。偶爾牠會聽我的話，乖乖坐在左手臂上。但如果我想教牠學點什麼，牠只會睜大眼睛，歪頭看著我，然後在我嘆氣決定放棄、眨個眼的瞬間，牠已轉身躺平，打著呵欠了。

如果名犬萊西的聰明度是1，在我看來，百奇的聰明度只有１／１００隻萊西。不僅如此，牠膽子也很小。不管是打雷或是突如其來的巨大聲響，都能讓牠驚慌失措，拚命張望四周，發出低吼。

牠沒什麼優點，每天就是吃吃東西、跟我撒嬌叫個幾聲，懶散度日。然而，我卻每天都得上學，還要去便利商店打工。

不過，我見過一次牠神氣的樣子。

那天，我陪美佐江去醫院，在她做檢查的幾個鐘頭裡，我一個人在醫院四處閒晃。那是一家很大的醫院，裡面連書店都有，讓我打發了不少時間。

我拿著剛買的漫畫上頂樓去看。陽光晒得十分舒服，也挺安靜，一旁晾著許多洗好的純白床單，迎風擺盪。

突然間，百奇狂叫起來。一開始我不知道發生什麼事，看了看四周才發現有個老先生倒在入口附近。從他身上的服裝推測，應該是這家醫院的病患。要不是百奇的通知，我根本不會注意到有人昏倒在地。

我扔下手裡的漫畫，跑到老先生的身邊，呼喚著他。他只說胸口好疼，於是我連忙下樓去叫護士。慌亂中，我腦子裡想的全是百奇。

毫無長處的百奇居然會救人！太厲害了！

在護士趕來之前，我一直陪在老先生的身邊。雖然神情痛苦，他仍不停向我道謝。這時，非常以百奇為傲的我捲起袖子，露出左手臂的刺青，湊到他面前說：「要謝的話，就謝牠吧。」

老先生看到小狗刺青，瞪大著雙眼被護士抬下樓去了。

5

家人和我之間，出現一道奇怪的鴻溝。被宣判死刑的人，和被宣告會活下去的人，雙方看待世界的角度似乎不太一樣。

一股看不見的力量將他們三人緊密結合在一起，看著相同的事物，有著相同的感受。當三人聚在一起愉快地聊天的時候，彷彿也從彼此身上得到慰藉。

他們三人形成一個密不可分的家庭，絲毫沒有我的容身之處。

為什麼呢？雙親望著我的眼神一天比一天嚴厲。不管是爸爸茂雄或美佐江，都想改正我懶散的生活態度。

「天氣這麼好，去把窗戶打開，房間打掃一下。」

「我知道啦，不要念個不停好不好！」

「我不念妳會做嗎？」

現在不能向美佐江撒嬌了。哪怕是一丁點懶散的地方，只要讓她看到，馬上就會遭受她的碎碎念攻擊。

爸爸茂雄也不遑多讓。他帶著我四處拜訪親戚，想趁自己還有力氣走動的時候，請求他們幫忙照顧孤苦無依的女兒。

每個親戚聽完茂雄的說明，都同情地望著他。沒想到那種感覺挺差的，害我也開始覺得，或許我真的需要別人的同情。況且，這些親戚我幾乎都沒見過，名字也叫不出來，想到以後要跟他們往來只覺得麻煩，加上我習慣直來直往，又不會擠笑討好別人，親戚們對我應該沒什麼好感。

爸爸茂雄和嬸嬸認真討論的時候，我在一旁無聊地打了個呵欠，於是他氣急敗壞地一把抓住我的頭。

「真是不好意思，女兒沒教好，往後要勞煩你們多多照顧了。」

他強壓下我的頭，向嬸嬸鞠躬。不管怎樣，沒必要在親戚面前這麼對待我吧。我的臉一定紅透了。

「他們最放不下心的，就是妳這種吊兒郎當的個性啊。」薰說。

「你懂不懂啊，去哪裡找像我生活習慣這麼好的女生？」我故意一邊用腳按著遙控器說。

一天晚上，我和爸爸吵架了。起因是一點瑣事。

進入暑假，我幾乎每天都過著日夜顛倒的生活。那天我依然睡到傍晚才起床，三人已在用晚餐，我則在一旁吃零食。

吃完仙貝，我隨手把包裝袋丟進可燃類垃圾桶，爸爸茂雄看到很不高興，老樣子又斥責了我一頓。我們社區實行垃圾分類，居民有義務把塑膠包裝袋分到塑膠類垃圾才行。

「分哪類不都一樣，不過是丟個垃圾。」

聽到我這麼說，爸爸一臉愕然，露出「妳到底在想什麼」的表情。

「這麼簡單的事情，為什麼妳就是永遠學不會？沒做好垃圾分類，垃圾車不會收走。妳以為一個人過活，用這種態度行得通嗎？妳看看薰，他都知道要分類了。」

爸爸搬出弟弟的名字，我心裡燃起一把無名火。那是悲傷嗎？總之，我氣到什麼都顧不了。

「這又和薰有什麼關係！」

突然被捲入這場紛爭，薰的表情十分複雜。

「每次都這樣！每次都拿我和弟弟比！反正我就是沒薰那麼聰明！」

我的聲音大到連自己都嚇一跳，不禁往後退了幾步，卻不小心撞倒桌上的杯子。杯子掉到地上應聲碎裂，杯裡的牛奶灑了一地。我的腦袋益發混亂，爸媽也被我的激烈反應嚇到。

「反正你們只要有薰就夠了，有沒有我都沒差是吧？」

「妳在說什麼！」美佐江開口，「當然不是這樣啊！」

「那你們為什麼丟下我？既然是我的父母，不就有義務養育我長大嗎？你們卻通通要丟下我先走，太狡猾了吧！早知道我也得癌症就好了！」

清脆又刺耳的聲音響徹屋內，爸爸茂雄甩了我一耳光。

等我回過神，已坐在車站前的中華料理店裡，面前擺著一碗筍乾拉麵，簡直就像剛從夢裡醒來，感覺好不真實。

我是什麼時候跑出來？怎麼走到這裡的？然後，為何是筍乾拉麵？完全想不起來。低頭一看，幸好跑出來時還記得穿鞋。在廁所的鏡子前，我看到自己紅腫的臉頰上布滿淚痕。

突然感到一股噁心，我忍不住吐了。心中的委屈和排山倒海而來的後悔，讓我的淚水停不下來。

錢和手機都沒帶，我只好向老闆借十圓硬幣，用店裡的電話打給山田。講完電話回到座位，我等著山田，一邊生起自己的氣。

不知是不是聞到拉麵的香味，我的左上臂傳出狗叫聲。百奇完全不顧我的情緒，天真地叫個不停。我小聲阻止牠「不可以，會吵到別人」，還是沒用。我拚命壓著左手臂，希望能蓋住百奇的聲音，但狗叫聲仍響遍店內。

拜託你不要再叫了！為什麼你就是沒辦法乖乖聽話？就算彎下腰懇求一隻刺青小狗也是白搭吧。我的鼻水不聽使喚地流出來，這是即將落淚的徵兆。

不安與困惑猛然朝我襲來。

我發現自己沒辦法照顧好一隻狗。我連一個人要如何生活下去都不知道，怎麼可能負起責任飼養自己以外的生物。

餓了要餵牠吃東西，找妳撒嬌就得逗牠開心，隨時注意不能讓牠的叫聲吵到別人，要是牠覺得無聊又得陪牠玩。

我向藍色的刺青小狗，宣布我的結論。

「百奇，對不起，我不能再養你了。我沒信心把你照顧好。我會馬上幫你找到新主人。」

牠發出悲傷的低鳴，似乎聽懂了我的話。

趕來店裡的山田被我的模樣嚇了一大跳，我根本是全套的睡衣打扮。

「我決定不要百奇了。」

我哭著告訴山田這個決定，低頭看左手臂，發現百奇不見了。
牠一定是曉得自己要被丟掉了。於是，百奇在我的身體表面展開逃亡。

6

山田幫我付了麵錢。跟她商量的結果，我決定暫時住她家一陣子。回她家的路上，我告訴她傍晚和爸媽吵架，還有決定不養百奇的事。以前我不明白為什麼會有人棄養寵物，今晚總算有點懂了。我的心如遭針刺，沮喪不已。
要去山田家得搭電車。離末班車還有一段時間，車站裡的人卻出乎意料地多。穿著睡衣實在很丟臉，我只能盡量選一輛人比較少的列車跳上去。
「我想把百奇連同皮膚一起移植給別人。」
山田一聽，露出為難的表情。
「可是，真的辦得到嗎？」
我們都不懂皮膚移植的相關知識。
「而且，會有人想要一塊刺有小狗圖案的皮膚嗎？如果想要一個小狗刺青，通常不需要移植別人的皮膚，直接刺在自己身上就好……」山田一字一句謹慎地說：

「若妳打定主意，無論如何都想讓百奇從妳身上消失，最乾脆的作法，也是可以選擇消除刺青……」

我用力搖了搖頭，我狠不下心殺死百奇，那就像把自己養的狗送去公立收容中心一樣。

「總之，我們先上網查一下皮膚移植的資料，順便找找有沒有人願意收養刺青小狗吧。」

山田說完，拉著我的手從座位上站起來。車門打開，我們到站了。一站起，我發現身體如同鉛塊般沉重。

「住我家是絕對沒問題啦，不過妳還是打個電話回家比較好。」

一踏進山田家，她馬上把話筒塞到我的手裡。雖然點點頭拿起話筒，其實我的心情還沒整理好。即使是透過電話，我也沒把握能夠冷靜跟爸媽說上話。為了讓山田安心，我隨便按了幾個按鈕自導自演，假裝和爸媽通過電話。

我在浴室裡脫光了衣服，第一件事就是尋找百奇。我叫著牠的名字，要是平常，牠早就開心地吐著舌頭，出現在左上臂，現在牠卻怎麼都不肯現身。

我照著鏡子檢查自己的背，還是不見百奇的蹤影，大概已練就一身避開我的視線移動的工夫吧。這樣的話，想要找出牠根本是不可能的事。我彷彿看見牠鼓著腮幫子，露出氣呼呼的表情。

於是我決定不管了，反正牠不可能跑出我的皮膚之外。

隔天，山田借我用她的電腦。我們連上網路，想找找有沒有人願意接收小狗刺青。我沒用過電腦，向山田學了操作方法，沒想到竟然這麼簡單。

「說實在的，我覺得妳不要抱太大的期望比較好。」

山田說完，便連上一個叫「TATTOO的窩」的刺青相關網站。

「為什麼叫『窩』？」

「反正大家都愛取名什麼『窩』。」

那個窩感覺挺舒適，一踏進玄關便傳來柔和的音樂。說是踏進玄關，其實就是來到首頁的意思，音樂是從電腦喇叭傳出來。只不過，我很容易一頭栽進這類事物，馬上就覺得自己真的住在網路世界裡。

這個窩的壁紙是明亮的藍色，上面掛著寫有「歡迎光臨」的招牌，另外還有幾扇門。這些門其實只是一張張的圖，每張圖都附有文字，說明門後的內容。

山田解釋，這個窩的管理者是一個年輕的上班族女孩。「管理者」大概就是指這個窩的所有人吧。

「我們來留言吧。」山田說。

她把手掌形狀的游標移到寫著「留言板」的門上敲了敲，我們就進去房間了。房裡的一切我都十分好奇，忍不住東張西望。早就習慣使用網路的山田，以「有那麼好玩嗎」的眼神瞅著我。

這個房間裡有的，當然就是留言板，訪客留下許多訊息。我慢慢看著過去的留言，豐富的刺青相關訊息一篇接著一篇。

有個想刺青的人提出各種問題，然後有一個署名「山田」的人仔細地回覆，給他不少中肯的建議。

「這個『山田』是……？」

「當然是我啊。」山田搔了搔下巴說。

「妳不會想個別的名字嗎？」其他人取的名字都很有趣，在網路世界用假名就能生存。「妳什麼名字不用，偏偏用『山田』，這不是和真名一樣嗎？」

「妳管我……」

她接著輸入尋找狗狗認養人的留言：

「名字叫百奇，公狗，身高三公分，毛色是藍色……」

簡直就像市區裡電線桿上貼的尋狗啟事。

山田貼完留言，打算去逛別的刺青網站。我問她這類網站是不是很多，她點點頭，告訴我其他網站的網址。

「我還想在這裡多逛一下。」我迷上這個網站了。

「那我們去別的房間看看吧。」

我們先回到玄關，這次敲一扇標著「展示廳」的門。一進門就看到牆壁上掛有許多刺青的照片，似乎都是網站管理小姐身上的刺青。每張照片下方都附有說明或回憶，好比：「這個鳳蝶刺青是我自己設計的，刺於失戀隔日……」再繼續看其他的照片說明，漸漸感受得出這位管理者小姐非常以自己身上的刺青為傲，也很愛這些刺青。

「建造這麼用心的窩，這個上班族女孩真的非常喜歡刺青呢。」山田雙臂交抱，欣賞著照片說：「接下來去『聊天室』吧，只不過，大部分時間都沒人在。」

她敲敲「聊天室」的門，門的下方寫著一行短短的說明：「大家一起圍著桌子聊聊吧！」山田大略解釋，所謂「聊天室」就是可以即時跟別人聊天的地方。

進到聊天室，卻和山田說的不一樣，有人在裡面。對方名叫「懷錶兔」，應該是男生吧。不，與其說是個人，在我的想像中更接近一隻帶著懷錶的兔子。

我依照門下方的說明，想像有一張桌子，擺在這個房間的正中央。懷錶兔抵著下巴，一邊把玩最引以為傲的懷錶。這時，山田走近他的身旁。

山田：「午安，好久不見。」

懷錶兔：「哎呀呀，沒想到會在這裡遇見妳，真是難得！」

他們愉快地聊了好一會。大家就是用這種方式收集資訊和擴充人脈吧。我也想到桌子旁邊，可惜聊天必備的電腦鍵盤只有一個。

等他們終於聊得差不多，懷錶兔突然說出一件出乎意料的事。

懷錶兔：「對了，妳聽說小狗刺青的事了嗎？最近有人在找一個身上有小狗刺青的女孩。」

電腦銀幕前，我和山田互望一眼。

懷錶兔：「對方上個月住院，要不是那個女孩，他早就沒命了，但他卻忘了問救命恩人的名字。聽說那個女孩身上有小狗刺青，這陣子他的屬下到各大刺青網站收集有關小狗刺青的消息，造成了一些話題。」

山田繼續打聽那群拚命收集情報的部屬的來路。被刺青女孩救了一命的人，是有名到連我都聽過的大公司的老闆。那個大老闆打算找出救命恩人，鄭重向她道謝。

懷錶兔：「謝禮一定很驚人！」

山田：「搞不好是一百根胡蘿蔔！」

懷錶兔：「胡蘿蔔？誰要那種東西，錢啦，錢！謝禮肯定是錢，錯不了！」

這個刺青女孩，幾乎可以確定就是我。想到有可能收到謝禮，我簡直坐立難安。如果向這位被百奇救了一命的老先生說明我家的狀況，說不定他會願意幫忙出這筆龐大的手術費。

我和山田立刻跑去搭電車，前往老先生的公司。公司就位在我們居住的市區裡。既然是在我家旁邊的醫院遇到老先生，他的公司想必不會離得太遠。

比起一旁的高樓，這家公司的大樓高聳氣派許多，進出的都是上班族，光是踏進去就需要相當大的勇氣。

櫃檯小姐聽到我們是為了刺青的事而來，半信半疑地瞥了我們一眼，拿起手邊的電話聯絡內部的人。

等了很久，終於有一名戴眼鏡的矮個子男人出現，帶我們到大廳接待區的沙發坐下。

「不曉得兩位是從哪裡聽說刺青女孩的事情呢？」他客套地問。

山田回答是在網站上得知這個消息。

「是這樣的，我必須先確認身上有小狗刺青的女孩，到底是不是救了我們社長的人。」

這個男人說，由於消息已傳遍刺青界，很多人跑來謊稱自己就是那個刺青女孩。

「所以，我們刻意對外隱瞞這枚小狗刺青的模樣和位置。關於救命恩人的事情，我從社長那邊得到非常完整的描述，只要讓我看過刺青，是不是撒謊我馬上就知道。那麼，方便讓我看一下妳的刺青嗎？」

我不曉得怎麼辦。他說要看刺青，可是自從藍色小狗逃走後，我再也沒見過牠。

「我現在沒辦法給你看，這是有原因的，不過我真的就是那個刺青女孩。

只要看到我的臉，社長一定會馬上想起來。」

男人嘆了一口氣，心想，大概又是一個來騙謝禮的冒牌刺青女孩吧。

「那是藍色小狗的刺青，對吧？位置是左上臂，對吧？這些訊息應該只有真的刺青女孩才知道。」

男人頗為訝異，點點頭：

「妳說的都正確，但如果不能讓我親眼看到刺青……」

結果我們被趕出大樓。無論如何我都想要一筆錢，於是在回程電車上，我著手擬定追捕刺青犬的作戰計畫。

一開始，我們試著用誘餌戰術。請山田在我左上臂刺肉塊刺青，等百奇自己出現。百奇這麼貪吃，一定會忍不住跑出來。

於是，山田一如往常，幫我在左臂上刺了無骨肉塊。

我坐在椅子上，左肘抵著桌面，一邊調整位置，好看清楚上臂的肉塊刺青。

然而，肉塊刺好擺了一陣子，百奇還是沒現身。一直緊盯著手臂，我也累了，精神漸漸無法集中。

注視著肉塊，百奇沒出現，移開視線。我不斷重複這三個動作。

大概過了二十分鐘，我稍一閃神，短短幾秒內肉塊圖案就消失得乾乾淨淨。我心想糟了，卻為時已晚。

看來，百奇察覺到我的意圖。

牠暗中觀察，估計我的視線離開左上臂的時間，然後逮住空檔，衝出來啣走肉塊。

釣魚卻只有餌被咬走，就是這種感覺。

「不過，牠究竟是什麼時候靠近肉塊的啊？」

我百思不得其解。牠的腳程不算快，一秒頂多移動十公分，不可能來得及突然現身，又突然跑走。

「會不會是利用我們沒注意到的手臂內側呢？想要攜肉塊逃亡，最有效率的逃亡路線，應該是叼走肉後，逃到手臂內側。只要成功躲到我們看不見的地方，再逃走就很簡單了。所以，牠一定是避開我們的視線，潛入左手臂內側躲起來，估算好不會被視線偵察到的空檔，瞬間衝出來咬走肉塊，又躲回手臂內側。取得肉塊的最短距離，就是妳的手臂一圈的長度。」

這時，我身體的某處傳出「汪！」的叫聲，簡直像在取笑我們。

可惡，居然把人類當笨蛋耍。

下一個計畫是，刺一隻冒牌百奇。只要左手臂上有藍色的小狗刺青，就算不是百奇本尊，還是能成功騙過社長。

於是，山田在我的左手臂上刺了一隻替身，連細節都和本尊一模一樣，只不過剛剛好的顏色很怪，得等幾天讓圖案顯色才行。

我們決定過幾天再去那家公司。然而，短短十分鐘之後，已沒必要跑那一趟。

冒牌百奇不知何時從我的左上臂消失蹤影。我都不必找，一看就曉得在我的大腿上。因為我穿著短褲，兩隻藍色小狗就在我的左大腿上排排坐。想必是百奇發現左上臂有隻和自己長得一模一樣的小狗，硬是咬住牠拖到大腿上吧。

就算給對方看大腿上的小狗刺青，對方也不會相信我就是那個救命恩人。至於被拖到大腿上的刺青該怎麼弄回左上臂，我和山田都束手無策。

百奇也知道我很傷腦筋吧，居然看著我，露齒笑了開來。

美佐江打電話到山田家。雖然我沒主動聯絡家裡，她仍猜到我在什麼地方。

「薰要住院了。」

我告訴山田通話的內容。她在開狗罐頭，打算餵他們家養的小狗。

我開始著急了。只要能證明我是那個救命恩人，或許社長會願意幫忙支付手術費，然後我就能讓家人接受最好的治療。那樣的話，爸媽一定會對我刮目相看。

可是，到底要怎麼做，才能把百奇騙回左上臂？而且，我必須將牠固定在原地，免得牠又逃跑。雖然只要不眨眼，一直看著牠，牠就動彈不得，但即使我們輪流看守，仍無法保證視線不離開牠。不管是走路或搭電車，視線都可能不慎離開小狗刺青。

回到先前的問題，其實我們還沒想到騙牠出來的方法，牠卻察覺我們拚命想引牠現身了。

終於再次體會到操控一隻狗有多難。我認為是不可能教育狗的。不妨試著想像自己養了一隻真正的狗，散步的時候，就算硬扯繫在牠項圈上的鏈子，還是沒辦法隨心所欲控制狗的行進方向啊。

山田拿出開罐器，嘎吱嘎吱地開著狗罐頭。馬文聽到聲音，馬上流著口水、拚命拉扯狗鏈想靠過來。因為馬文的項圈連著的黑色狗鏈，拴在院子角落的狗屋上。

我想到了！仔細回想我們餵百奇吃肉塊的情景，由於山田只有在七點半之後才能使用刺青工具，每次刺完肉塊刺青，我們都不得不聽一遍那道聲音！

我看了看時鐘，快五點了。雖然讓馬文繼續等下去很殘酷，我仍一把扯住山田，硬把她拉進店裡。

「發生什麼事？」

「我想到一個騙百奇出來的辦法！因為我相信狗的學習能力。」

我在椅子上坐定，並要山田準備刺青的工具。

咕咕鐘的長針一指到數字十二，內部機關開始運作，於是白色的鴿子現身。這時，每次餵百奇吃肉塊必定會聽到的那道傻乎乎的聲音，響了起來。

我一看左上臂，百奇流著口水乖乖坐在那裡。一聽到假鴿子的叫聲，牠忘了自己正躲著主人，忍不住跑回左手臂上的老位置。

「巴甫洛夫之犬」萬歲！我請山田幫忙刺一個圖案，非常簡單，只要一點點時間就能完成。於是在圖案完成之前，我們輪流眨眼，避免百奇從我們的眼前逃走。

7

第二天，我和山田再度前往那家公司。上次那名小個子男人一看到我們，露出「怎麼又是妳們」嫌麻煩的表情。不過，我讓他看了左手臂的刺青之後，他立刻帶我們走進大廳最深處的電梯。

「可以問妳一件事情嗎？」在通往頂樓的電梯裡，男人問道：

「我記得社長沒提到這隻刺青狗有戴項圈或狗鏈……」

百奇現在戴著項圈，還繫著一條鏈子，拴到一旁的木樁上。牢牢被拴住的百奇，表情有點不服。

「是啊，鏈子是最近才補刺上去的。」

「為什麼？」

「為了避免牠逃走……」

男人挑起單邊眉毛，露出「真不知道現在的女高中生都在想些什麼」的表情。

這裡應該是社長室吧。我們被帶進去，在沙發上坐下。沙發非常柔軟，一坐下去彷彿陷進無底沼澤。一個像是祕書的美女送來蛋糕和咖啡。我們第一次親眼見到真正的祕書，一直偷偷商量要不要請她幫我們簽名。

一個老先生開門走進來，我在醫院就是幫了這個人。他一看到我，馬上堆起滿滿的笑容，在我們的對面坐下。

「您還記得我嗎？」

他一連點了好幾次頭，「當然記得啊！那天還沒來得及向妳道謝，妳就離開了。我不知道妳的名字，唯一的線索只有那個小狗刺青，花了我好大的工夫。」

約莫是他一點都沒有大公司老闆的架子，我們很快就和他聊開。

他說之前住院是為了動心臟手術，多虧我及時找來醫護人員，否則他早就沒命。他還告訴我們，他有一個和我們年紀相仿的女兒，或許他的實際年齡比外表年輕。

我把家裡的事情一五一十地告訴他。我跟他說，雖然治癒的機會渺茫，但只要有錢，馬上就能讓家人接受手術。不然，半年後我就真的會落得孤苦無依了。他認真聽完我的話，答應幫忙負擔手術的費用。

實在太開心了！等我告訴爸媽這件事，他們不曉得會有多驚訝、多高興，搞不好會變得非常疼愛我。

「對了，父母曉得妳在手臂上刺青嗎？」他拿起茶杯，喝了口茶。我看到他手上戴著似乎很沉重的金錶，心頭一緊。

「我還沒有告訴他們。」

他搖搖頭，臉上的笑容減了幾分。

「這怎麼行呢？身體髮膚，受之父母。這麼輕率就在皮膚上刺青，我實在無法認同。」

他的口氣簡直跟學校老師沒兩樣。

「是，您說的或許沒錯，身體是父母所賜，但同時也屬於我自己。當初刺青的時候，我的確沒想太多，但我一點都不後悔。」

「不過，我還是不樂見妳用小狗刺青毀損自己身體，妳的父母一定也這麼想。」

山田似乎想說些什麼，不過或許是擔心先前和社長的約定會化為泡影，所以忍了下來。房間裡空氣的色彩彷彿瞬間褪去，我的心情逐漸變得消沉，一點也開心不起來。

「或許如您所說，我的父母會因此生氣，不過我一直努力要對這個小狗刺青負起責任。我一點都不覺得這個小狗刺青毀損我的身體，請不要一味否定這件事。」

他的表情顯得益發嚴峻。

「妳現在為了趕時髦在身上刺了小狗的圖案，幾年以後，每次看到手臂上的刺青妳都會後悔。妳還這麼年輕，我不覺得妳會明白什麼叫負責任。」

我好氣。只要他講出任何否定百奇的話，我馬上頂回去。這個人什麼都不懂，百奇確實是沒什麼教養，膽小、貪吃、時常不聽話亂叫，但牠不是救了社長的命嗎？

「請不要再說我的小狗的壞話。或許您無法理解在身上刺青的行為，但我只是很想這麼做，即使會後悔又有什麼關係！」

不知不覺間，我語帶嗚咽。想到百奇，我就再也忍不住。要不是有百奇在，我可能早就被半年後即將成為孤兒的巨大恐懼壓垮。牠雖然是個令人操心的孩子，卻帶給我莫大的勇氣。百奇不曾離我而去，牠一直都在我的身體上，守護著我啊。

這時我猛然明白，自己是多麼愛百奇。原來我從牠身上獲得這麼多，我卻打算拋棄牠。我真是個大傻瓜，差點就成了不負責任的飼主。

「我真的很愛這隻狗，所以，不准再說牠的壞話！」

我不想再和百奇分開了。今後不管發生什麼事，我都要養百奇。或許在旁人眼中，牠只是一枚刺青圖案，對我來說，卻是無可取代的寶物。想到這裡，我的淚水決堤。

現在我終於能夠體會美佐江和茂雄的心情。我就像百奇，是個不聰明的孩子，但他們一定對我懷抱著一種揪心而深刻的感謝之意，如同我對百奇的這份情感一樣。

「妳還好嗎？」

山田把手放到我的肩上。我不停啜泣，鼻水也不聽使喚地流出來。

我怎會對爸媽說出那麼過分的話？我竟然指責他們「明明有義務養育我長大，卻要丟下我先走，真是太狡猾了。」就在我決定留下百奇的這一刻，我恍然大悟。表面上是他們丟下我沒錯，其實不得不拋下我先走的他們，心裡更難受啊。我實在太遲鈍，連這一點都沒發現。

我怎麼笨成這樣，還想著帶錢回去他們就會對我刮目相看，多麼可笑。我現在該做的，應該是盡可能陪在終將離我而去的家人身邊。

社長大概是習慣我哭哭啼啼的模樣，冷冷地說：

「動不動就哭！」

山田把蛋糕砸過去的同時，我也將整杯咖啡潑到他的臉上。

百奇似乎察覺到周圍的騷動，在我的左手臂上吠叫起來。看著被拴在木椿上的牠，我不禁覺得好可憐。我們不要再吵架了。

被請出大樓之前，我跑去問櫃檯小姐：

「請問有沒有美工刀？」

她一臉狐疑地看著哭腫雙眼的我，拿出美工刀。我當場將刀片推出一公分左右，切斷拴住百奇的鏈子。換句話說，我在左手臂的皮膚上，用美工刀割開一條縫。手臂泛出一條紅色的線，刺青狗鏈一分為二。

我向櫃檯小姐道謝，把美工刀還給她。她鐵青著臉，用手指捏著，接過美工刀。

眨眼之間，百奇拖著切斷的鏈子，開心地跳來跳去。

8

半年後。

三人都死了。短期內，我沒有能力為他們蓋一座漂亮的墓園。對我來說，這半年是一段非常平靜的時光。自從察覺到爸媽對我的愛，不管他們再怎麼嘮叨，我都不會生氣了。

「欸，這種事情當著面很難啟齒，可以幫我轉告那個妳也認識的優嗎？」薰在醫院的病床上曾這麼說：「請跟她說，其實我並不討厭她。」這是我和他最後一次交談。

有天放假，我和山田在咖啡店。

我將薰的遺言告訴她後，她說：

「繞了真大一圈哪。」

接著，她瞇起眼睛，狐疑地看著我。

「咦，妳那些紅色斑點治好了嗎？」

她從包包裡拿出一本很厚的書。

「什麼紅色斑點？」

「就是妳之前提到的那個呀。妳身上不是冒出一些紅點嗎？我還說那是青春痘……」

「喔，百奇吃掉了啊，牠連痣都吃。這傢伙把我皮膚上所有長出來的東西都吃光了。」

我用指腹輕輕撫著躺在右手背上的百奇，牠發出舒服的聲音。

山田翻開那本厚厚的書，打開其中一頁，指著照片給我看。那是一本關於皮膚疾病的書，她最近開始研究皮膚的相關知識。當刺青師必須具備一定程度的知識才行。

「對對對，幾年前我身上長出來的，就是像這張照片裡的紅色斑點，不過都被百奇吃得乾乾淨淨。」

照片的重點說明上，寫著：「蕈狀黴菌症：這種疾病通常會出現在患者的皮膚上數年之久，最後轉移至體內其他器官。」

「這是皮膚癌的一種，真的好險。鈴木，原本妳應該也只剩半條命，得好好感謝百奇。」

我點點頭。百奇無憂無慮地打著呼，我把臉頰緊緊貼到手背上。

去美國進修的中國大姊姊，最近回日本來處理一些事情。

早已習慣一個人生活的我，這天來到山田家，想和大姊姊見上一面。她幫我刺錯小狗的圖案，除了要向她小小抱怨一下，我還有更多的感激。

「嗨！」大姊姊向我打了聲招呼。

她還是一樣美麗。

我和山田把所有遭遇的事都告訴她，包括她幫我刺的刺青小狗會動，以及圍繞著小狗發生的一切。她一點也不訝異，只是不停點著頭。

聽著聽著，她有興趣的反而是我大腿上的小狗刺青，就是那隻山田幫我刺的冒牌百奇。雖然長得和百奇一模一樣，但或許是不曾施過魔法的關係，牠一動也不動，乖乖待在我的大腿上。

「我可以修一下這個圖案嗎？」

我是大姊姊的ｆａｎ，當然ＯＫ。我躺到床上，大腿傳來一陣熟悉的刺痛，我突然想起一件事，於是問山田：

「筍乾拉麵的錢，我還妳了沒？」

「那點小錢就免了，之前借給妳的三萬圓記得還我就好。」

經過中國大姊姊巧手修改後的刺青，乍看和之前沒什麼兩樣，卻不可思議地感覺得出牠是女生。約莫是一些微妙的調整產生的功效吧，看起來比以前多了一股嬌媚。

「這是百奇的女朋友，對不對？」

中國大姊姊滿意地點點頭。

三天後，大姊姊就回美國了。聽說她的祖父生前在美國開了家古董店，她是在美國出生長大的。

一天早上，我在兩隻狗的叫聲中醒過來。不過，就算我想向大姊姊抱怨，她也不在日本了。

跋

敬啟者

又到了初春時節，我過著平靜安穩的每一天。自從開始一個人生活，很快地已過一年。

起初的確很孤單，不過現在我每天都和百奇一起過得自由自在。

爸爸，記得我把刺青的事告訴你的時候，你並沒有大發脾氣。雖然看起來有點傷腦筋，你終究原諒了我。我真的好高興，直到現在我還是非常感謝你。

至於刺青小狗為什麼會動？可能這位刺青師其實是魔法師吧。坦白講，我不曾認真思考這個問題。

不過，最近我不禁這麼想，會不會是天神派百奇來教我一些事情？以前我總是因事事不如弟弟而感到自卑，還誤會爸媽不關心我，寂寞得不得了。天神，謝謝祢。

對了，前陣子百奇交了一個女朋友！她的名字叫「奧利奧」，是取自我第二喜歡的零食。說到這個，我最喜歡的零食就是……你們應該知道了吧？

我的好朋友山田跟著她父親學習刺青。她的技術很厲害，一點也不輸給一般執業的刺青師。

還有很多事情要跟你們報告，不過今天先寫到這裡。

我依然沒辦法和親戚打好交道，菜煮得一樣難吃，每天早上都睡過頭，什麼事都做不好，真是沮喪。為什麼我總是這麼沒用呢？

不過，沒關係，我會繼續努力。謝謝你們生前和我成為一家人，盂蘭盆節記得回來看我喔。

鈴木優　敬上

二月五日

致　鈴木　茂雄

美佐江

薰

P.S. 現在我的左手臂上熱鬧得不得了，最近剛出生的小狗們整天叫個不停……

END

跨越界線的相互依存

寵物先生

「乙一經常寫讓人心痛的小說。」

我第一次聽朋友介紹乙一時，就是用這句話起頭的。說實在的，比起將作品涇渭分明地區分為「黑乙一」、「白乙一」兩種風格，「讓人心痛」這類形容詞無疑更為具體而明確，也在我腦中留下深刻的印象，之後讀過乙一在台灣的第一部譯作《被遺忘的故事》之後，也深深同意這點。儘管有著程度上的不同——如針刺般的抽痛，或是如鐵槌敲擊般的劇痛——乙一的故事情節，確實能使讀者在注視書中角色之餘，隨著情節起伏為他們感到哀傷。

然而我卻有著不甘被情緒擺弄，想一探究竟的頑固性格，因此經常問別人：「為什麼讀了之後會心痛呢？」得到的不外乎是「他筆下的角色在社會上都很孤獨」、「故事大多具有悲劇性」、「他的心理描寫非常細膩」這類的回答。此時我總是會想：「那麼一個失業、孤苦無依的老人在家裡慢慢死亡的故事，就會讓我心痛嗎？」當然不是這樣的，那到底是什麼呢？這個問題在我每次讀乙一的作品時，都會浮現腦海。

直到我讀了《平面犬。》。

《平面犬。》是乙一的第三部小說集，二〇〇〇年由集英社推出單行本時題名為《石眼》（即書中第一個短篇名），《平面犬。》是推出文庫版本後的新書名。在前面的一些作品如〈優子〉、〈天帝妖狐〉中，乙一就曾讓讀者體驗到類似的閱讀感，到了《平面犬。》，作者開始運用創作模式，徹底將此種基調充盈在四個短篇作品中，讓讀者徹底見識到其讓人「心痛」的魅力。

當然，讀者閱讀後是否真的會心痛，取決於其感性的程度，然而在乙一這幾年來作品陸續引介至台灣的情況下，還是可以為此種基調的作品，如同分析化學成分般抽出一些「心痛」的元素，以解明這股閱讀後低迴不已的心理狀態吧。

首先是角色，如同〈天帝妖狐〉得到永生卻付出代價的夜木、《在黑暗中等待》的失明少女本間滿，或是〈Calling You〉獨自打著虛擬手機的「我」，乙一在《平面犬。》的四篇作品中，維持了他們「難以融入社會」的一貫特質。有的選擇隱居、與世隔絕的生活，如〈石眼〉中的謎樣婦人，她僅想守護居住於盆地間的這份安穩，對外界社會的發展漠不關心；有的為社會所排斥，如〈BLUE〉裡那藍色的醜陋布偶，雖然試圖與她的布偶同伴相處，卻因天生的容貌而遭同儕排擠；更有些選擇將自己包上一層薄膜，輕者如〈小初〉裡的耕平、淳男二人組，平時行事低調，卻會瞞著家人一起偷偷地到下水道裡探險，重者如〈平面犬。〉的鈴木，雖身處四人家庭卻沒有和諧感，不僅對父母直接用其名相稱，還被自己的弟弟以「那個妳也認識的優」這種婉轉卻又帶著挖苦的方式稱呼。這些人抗拒社會或為社會所拒，將自己與周遭的人之間築上一道無形的牆，一條區分自我與他人的界線。

然後故事就開始了，有其他的角色試圖跨越這條界線。

〈天帝妖狐〉的杏子、《在黑暗中等待》的明宏、〈石眼〉中的N氏與S氏、〈小初〉中的幻覺少女小初、〈BLUE〉裡的頑劣男孩泰德，以及〈平面犬。〉那隻手臂上的刺青犬，他們有些是正常的社會人，有些亦如同主角般披覆一層薄薄的外殼，更有些是幻想之下的驚奇產物。不管型態如何，可以肯定的是，書中的角色們彼此之間存在某種程度的界線，其中一方透過界線察覺彼此的存在，且試圖去戳破它，嘗試讓彼此接觸。

〈Calling You〉裡角色的界線，有著時間與空間如此廣大的阻隔，只靠著一只虛擬手機來連繫。然而在《平面犬。》的四個故事裡，這條界線在時空上的距離卻是極微小的，僅存在名為「幻想」這種模糊的分際。〈石眼〉的阻隔是「看到石眼的眼睛，就會變成石頭」的傳說，〈小初〉裡的小初好似生活在想像中的平行世界，僅能透過耕平與淳男和現實世界產生關連，〈BLUE〉的藍色布偶與泰德一家人，則存在著「人」與「物」此種天生的差異，〈平面犬。〉中的犬形刺青，雖貼身地存在於鈴木的身體，卻只能靠著好似「一二三木頭人」的方式移動，以及間歇性的微弱吠聲來溝通。

當身處於幻想與現實的兩方相接觸時，一開始必定會產生訝異與衝突，對方的存在對於自己那封閉的世界來說，都是一種突然闖入的不速之客。於是在這股「意外」和「不得已」的情況下，兩者開始了共同的生活。

然而隨著故事中時間的遞嬗，雙方在生活中逐漸接納彼此，對方成為日常生活必定會出現的事物，然後，彼此形成近似習慣性的依賴感。就像手腕上的錶，平時不會刻意去察覺其存在，一旦拿下就會渾身不自在。最後，在日積月累的情感發酵下，兩者之間誕生一種無形的羈絆，這種關係雖然堅韌到難以切斷，雙方卻會因習慣性的心理而不自覺。

〈石眼〉的S君與謎樣婦人，〈小初〉的小初與耕平，〈BLUE〉的藍色布偶與泰德，以及〈平面犬。〉的鈴木與犬形刺青，他們之間存在的情感或許有著親情、友情、愛情，甚至是超越人類情感之間的差異，但探究其來由都是源於日積月累的共生，所產生的相互依存。對方突然在我眼前出現，然後我習慣了對方，於是對方成為我生活中不可或缺的一部分。

最後，對方消失了。

乙一的這類小說，最終必定會存在某種衝突，在雙方建立依存性的共生情感後，最終的衝突往往是某方的「幻滅」帶來的情感崩毀。就像好朋友搬家、親人離開人世一樣，生離死別往往能帶來情緒的感傷，而且當彼此間的情感平時隱藏在意識的底層而渾然不覺時，其崩毀所帶來的負面情緒更為強烈。如同戀愛小說的某種公式：「和我最要好的女孩出車禍過世之後，我才知道她也偷偷喜歡著我。」雖然老套，但此種潛藏情感的破壞總能引起讀者的共鳴，喚起哀憐的情緒。

共生幻滅之後，有時故事就到這裡結束，於是成了悲劇；如果最後存在讓雙方的情感死灰復燃的一筆，那就是喜劇了。乙一的作品，也不全然是「悲劇性」的。

我闔上《平面犬。》的書頁，恍然大悟般深深嘆了一口氣。

原來「讓人心痛」的本質，就是跨越界線的相互依存啊。

本文作者介紹

寵物先生，推理小說愛好者，兼大腦內的創作者。在著迷於日本推理的多采變化之後，也逐漸將觸角伸至歐美與本土的作品，最終的夢想是台灣的推理小說也能稱霸列強、一舉抗日。曾以短篇作品〈犯罪紅線〉獲第五屆人狼城推理文學獎首獎，另著有短篇〈名爲殺意的觀察報告〉。

乙一
Otsu
Ichi
作品集

03

平面犬。

原著書名＝平面いぬ。
原出版者＝集英社
作者＝乙一
翻譯＝龔婉如
責任編輯＝詹靜欣（初版）、陳盈竹（二版）
行銷業務部＝徐慧芬、陳紫晴
編輯總監＝劉麗真
總經理＝陳逸瑛
發行人＝涂玉雲
出版＝獨步文化
城邦文化事業股份有限公司
104台北市中山區民生東路二段141號5樓
電話：(02) 2500-7696　傳眞：(02) 2500-1967
發行＝英屬蓋曼群島商家庭傳媒股份有限公司城邦分公司
104 台北市中山區民生東路二段141號2樓
讀者服務專線：(02) 2500-7718；2500-7719
24小時傳眞服務：(02) 2500-1900：2500-1991
服務時間：週一至週五上午 09:30-12:00；下午 13:30-17:00
讀者服務信箱E-mail／service@readingclub.com.tw
劃撥帳號＝19863813
戶名＝書蟲股份有限公司
香港發行所＝城邦（香港）出版集團有限公司
香港灣仔駱克道193號號1樓東超商業中心
電話：(852) 2508-6231　傳眞：(852) 2578-9337
E-mail／hkcite@biznetvigator.com
馬新發行所＝城邦（馬新）出版集團
Cite (M) Sdn Bhd
41, Jalan Radin Anum, Bandar Baru Sri Petaling,
57000 Kuala Lumpur, Malaysia.
Tel: (603) 90578822　Fax:(603) 90576622
email:cite@cite.com.my

封面繪圖＝CLEA
封面設計＝高偉哲
排版＝游淑萍
印刷＝中原造像股份有限公司

□2007（民96）8月初版
□2022（民111）1月二版
售價／360 元
Printed in Taiwan

國家圖書館出版品預行編目資料

平面犬。／乙一著；龔婉如譯. -- 二版. -- 台北市：獨步文化出版：家庭傳媒城邦分公司發行，民 111
面；　公分. --（乙一作品集；3）
譯自：平面いぬ。
ISBN 978-626-7073-14-8（平裝）
ISBN 9786267073162（EPUB）

861.57　　110019984

First published in Japan in 2003 by SHUEISHA Inc., Tokyo
Traditional Chinese translation rights arranged with
SHUEISHA Inc.
through Japan Foreign-Rights Centre

ISBN 978-626-7073-14-8（平裝）
ISBN 9786267073162（EPUB）

獨步文化
APEX PRESS

廣 告 回 函
北區郵政管理登記證
台北廣字第000791號
郵資已付，免貼郵票

104台北市民生東路二段 141 號 2 樓

英屬蓋曼群島商家庭傳媒股份有限公司

城邦分公司

請沿虛線對摺，謝謝！

獨步文化
APEX PRESS

書號：1UG003X	書名：平面犬。	編碼：

請於此處用膠水黏貼

獨步文化 APEX PRESS

讀者回函卡

謝謝您購買我們出版的書籍！

請費心填寫此回函卡，我們將不定期寄上城邦集團最新的出版訊息。

姓名：________________ 性別：□男 □女

生日：西元________年________月________日

地址：________________

聯絡電話：________________ 傳真：________________

E-mail：________________

學歷：□1.小學 □2.國中 □3.高中 □4.大專 □5.研究所以上

職業：□1.學生 □2.軍公教 □3.服務 □4.金融 □5.製造 □6.資訊

□7.傳播 □8.自由業 □9.農漁牧 □10.家管 □11.退休

□12.其他________________

您從何種方式得知本書消息？

□1.書店 □2.網路 □3.報紙 □4.雜誌 □5.廣播 □6.電視

□7.親友推薦 □8.其他________________

您通常以何種方式購書？

□1.書店 □2.網路 □3.傳真訂購 □4.郵局劃撥 □5.其他

您喜歡閱讀哪些類別的書籍？

□1.財經商業 □2.自然科學 □3.歷史 □4.法律 □5.文學

□6.休閒旅遊 □7.小說 □8.人物傳記 □9.生活、勵志 □10.其他

對我們的建議：________________

____

____

為提供訂購、行銷、客戶管理或其他合於營業登記項目或章程所定業務需要之目的，家庭傳媒集團（即英屬蓋曼群島商家庭傳媒股份有限公司城邦分公司、城邦文化事業股份有限公司、書虫股份有限公司、墨刻出版股份有限公司、城邦原創股份有限公司），於本集團之營運期間及地區內，將以mail、傳真、電話、簡訊、郵寄或其他公告方式利用您提供之資料（資料類別：C001、C002、C003、C011等）。利用對象除本集團外，亦可能包括相關服務的協力機構。如您有依個資法第三條或其他需服務之處，得洽詢本公司服務信箱cite_apexpress@cite.com.tw請求協助。相關資料不提供亦不影響您的權益。

□我已詳讀權利義務之相關條款，並同意遵守。

請於此處用膠水黏貼

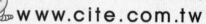

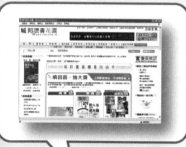